KB061396

오백 년째 열다섯

김혜정 장편소설

위즈덤하우스

| 차례 |

이가을

첫 이름은 서희.
오백 년째 열다섯으로 살고 있는 종야호.
신분을 바꿔 계속 학교에 다닌다.

이여름

첫 이름은 하솔.
가을의 쌍둥이 둘째 언니이자 엄마.
학교가 끝나면 웹소설 작가로 일한다.

이봄

첫 이름은 사월.
가을의 쌍둥이 첫째 언니이자 할머니.
학교가 끝나면 수다스럽고 요리 잘하는
할머니로 돌아온다.

유신우

반에서 공식적인 아웃사이더.
가을만큼 학교를 지겨워하는
아픈 기억이 있다.

령

환웅이 내린 최초 구슬의 주인이자
야호족의 우두머리.

휴

령의 동생.
야호족을 호랑족으로부터 지키는 수호대.
한때 아이돌 데뷔 직전까지 갔을 만큼
잘생긴 외모와 친화력으로 인기가 많다.

김유정

의문의 전학생.
못하는 건 공부뿐, 운동도 잘하고
성격도 좋아 인기가 많다.

숨겨진 신화

하늘의 신 환인은 자신의 아들 환웅을 인간 세계로 내려보내 다스리게 했다. 이때 환웅은 무리 삼천 명과 함께 구름의 신, 비의 신, 바람의 신을 이끌고 내려와 태백산 꼭대기 신단수 밑에 터를 잡았다. 환웅은 절친한 세 친구 곰과 범, 여우에게 동굴에서 쑥과 마늘을 삼칠일 동안 먹고 지내면 인간으로 변하게 해 준다고 했다.

곰과 범은 동굴로 들어갔지만, 여우는 싫다고 거절했다.

89번째 이름

가을은 봄과 여름과 함께 새로 다닐 학교에 전학 수속을 마치고 교문을 나섰다. 비슷비슷하게 생긴 학교, 비슷비슷한 아이들, 비슷비슷한 삶. 이곳도 크게 다르지 않겠지. 심드렁한 가을과 달리 봄과 여름은 교복이 마음에 든다느니, 담임 선생님이 깐깐할 거 같다느니 하며 학교 이야기를 계속 주고받았다.

"남녀공학으로 오길 잘한 거 같아."

"그것 봐. 내 말 듣길 잘했지? 양기와 음기가 적절하게 섞여야 한다니까."

"근데 공부 어렵지 않을까?"

"괜찮아. 눈치껏 하면 돼."

가을은 고개를 돌려 봄과 여름을 보았다. 뭐가 저리 신날까. 가을은 쯧쯧 하고 혀를 차며 다시 앞을 봤다.

"저기……"

그 순간 누군가 가을을 불러 세웠다. 갈색 정장을 입은 할머니다.

"선화? 김선화?"

가을은 대답 대신 얼굴을 찌푸렸다.

"미안해요. 내가 착각했어요. 내 친구랑 너무 닮아서."

할머니는 날씨가 쌀쌀한데도 손으로 연신 이마의 땀을 닦았다.

"정말 미안해요."

할머니는 그 말을 남긴 뒤 가을이 걸어왔던 길로 걸어갔다. "말도 안 돼. 그럴 리가 없잖아."라고 중얼거리며.

"누구야?"

봄과 여름이 가을 양옆에 서서 물었다.

"아는 사람이야?"

가을은 '응'이라고도, '아니'라고도 대답하지 않았다. 봄과 여름은 저들끼리 질문하고 대답을 했다.

"너보고 '선화'라고 하지 않았어?"

"맞아. 내가 들었어."

"그건 또 언제 적 이름이야."

"한 사십오 년쯤 되었지?"

가을은 떠드는 봄과 여름을 길에 둔 채 계속 걸었다.

김선화라. 89번째 이름이었던가. 그래, 초진읍에 살 때였지. 조금 전 말을 걸었던 할머니의 사십오 년 전 모습이 떠올랐다. 단발머리의 중학생이었는데, 이젠 염색을 해도 흰머리가 희끗희끗 보이는 할머니가 되었구나. 작은 두 손으로 찰옥수수가 가득 든 바가지를 들고 와 뜨겁다며 호호 불며 건네주었지. 그 옥수수 참 달았는데.

"얼른 가. 나 당 떨어졌어."

"양갱 또 안 가져왔어?"

여름이 묻자 봄이 주머니를 뒤지며 대답했다.

"깜박했나 봐."

"저기 편의점 있다. 들어가자."

여름이 가을의 팔을 잡아당겼다. 과거를 헤매던 가을은 다시 지금으로 돌아왔다. 옛날 생각을 하면 한도 끝도 없지. 그걸 해서 뭐 하나. 부질없다, 그런 거.

가을은 봄과 여름을 따라 편의점으로 들어갔다.

1부

수상한 세쌍둥이

전학생들

수석중학교 2학년 2반은 전학생들이 온다는 소식에 떠들썩했다. 한 명도 아니고 세 명인 데다 세쌍둥이라니. 교무실에서 소식을 가져온 지나 주위로 아이들이 모여 앉았다.

"진짜 세쌍둥이야?"

"그렇대. 슬로바키아에서 왔다더라."

"슬로바키아? 거긴 어디야?"

"몰라. 나도."

"그럼 슬로바키아 사람이야?"

"그건 아닌 거 같아."

"셋이 똑같이 생겼어?"

"나도 얼굴은 못 봤어."

"똑같이 생기면 진짜 재밌겠다. 막 우리한테 누가 누구냐고 맞혀

보라 하는 거지."

"틀리면 아이스크림 사고?"

"크크. 그래."

세쌍둥이에 대한 궁금증이 폭발할 즈음 조회를 알리는 종소리가 울렸다. 드르륵 앞문이 열렸고 아이들의 시선이 일제히 그쪽으로 몰렸다. 문을 열고 들어온 사람은 담임이다. 담임이 들어온 뒤에도 문은 닫히지 않았고 그 뒤를 이어 세 명의 아이가 따라 들어왔다. "안 닮았네.", "닮았네.", "어디가?" 하며 아이들이 말을 주고받았다. 세 아이는 모두 긴 생머리였고, 얼굴이 창백할 정도로 하얗고 눈꼬리가 살짝 올라갔는데 생김새가 비슷하다기보다는 인상이 비슷했다.

"너희들 벌써 다 들었구나."

담임은 아이들의 반응을 눈치채고는 바로 전학생을 소개했다.

"자, 간단하게 자기소개해라."

담임 바로 옆에 서 있는 아이가 먼저 한 발 걸어 나왔다.

"안녕. 난 이봄이야. 셋 중에 제일 큰언니야."

봄이 손을 흔들어 인사했고 담임이 박수치는 시늉을 하자 아이들 몇 명이 따라 박수를 쳤다. 두 번째로 봄이 옆에 선 여름이 나섰다.

"나는 이여름. 둘째야."

마지막으로 여름이 옆에 서 있던 가을이 인사할 차례였다.

"그럼 넌 이가을이겠네."

교탁 앞자리에 앉은 아이가 말했다.

"맞아. 난 이가을."

그러자 아이들은 "와, 대박.", "진짜네.", "겨울이는 없나?"라고 말을 주고받으며 깔깔 웃었다. 봄과 여름은 이 상황이 낯선지 서로의 얼굴과 반 아이들을 번갈아 보며 어색한 표정을 지었지만, 가을은 너무나 뻔한 반응에 한숨이 나오는 걸 꾹 참았다.

"그만, 그만."

담임이 교탁을 세 번 내려친 뒤에야 아이들은 웃음을 그쳤다.

"낯선 게 많을 테니까 잘해 줘라. 알았지?"

담임은 2분단 맨 뒷자리를 가리켰다. 빈 책상 두 개가 나란히 놓여 있었다.

"봄이랑 여름이는 저기 앉고. 보자, 가을이는……."

담임은 목을 길게 빼고 교실 안을 둘러보았다.

"그래. 저기 신우 옆자리가 비었네."

담임이 1분단 중간 자리를 가리켰다. 창가에 남자아이가 혼자 앉았다.

가을은 담임이 알려 준 자리로 가서 책가방을 책상 고리에 걸었다. 신우는 옆에 누가 앉든 말든 신경 쓰지 않은 채 계속 창밖만 바라봤다. 가을은 고개를 돌려 슬쩍 신우를 봤다. 작은 얼굴에 가지런하면서도 짙은 눈썹, 큰 눈과 긴 목이 사슴을 떠오르게 했다.

담임은 곧 중간고사가 시작되니 공부 좀 하라는 잔소리와 함께 몇 가지 주의사항을 전달했다. 역시나 담임 말에 귀 기울이는 아이들은 반도 되지 않았다. 가을은 눈동자만 굴려 교실 아이들을 주욱 살폈다. 십 초 만에 스캔 완료다.

조회를 마치고 담임이 교실을 나갔고 봄과 여름 주변으로 아이들이 몰려들었다. 아이들이 무엇을 물어볼지 뻔하다. 세쌍둥이도 신기한데 슬로바키아라니. 가을은 일부러 봄과 여름 자리로 가지 않았지만 아이들의 대화가 다 들렸다. 봄과 여름이 말할 때마다 "대박!", "우아." 하고 아이들이 놀라거나 감탄했다. 슬로바키아나 세쌍둥이가 아니어도 아이들은 저랬을 거다. 정말 별거 아닌 일에도 반응한다.

"슬로바키아에서는 언제 온 거야?"

"거기에서 얼마나 살았어?"

"부모님이 뭐 하시는데?"

"슬로바키아 말도 할 줄 알겠네?"

아이들의 질문에 봄과 여름은 신이 나서 대답했다.

"우리 셋은 사업하시는 부모님 때문에 그곳에서 태어났어. 한국에 온 지는 이제 이 주밖에 안 되었는데……."

봄과 여름은 오랜만에 만나는 열다섯 살 아이들이 신기하겠지. 하지만 가을은 아니다. 정말이지…….

"지겨워."

이 말을 한 건 가을이 아니었다. 신우였다. 가을이 속으로 생각한 걸 창밖을 보던 신우가 대신 말했다. 그 말을 한 신우는 곧바로 책상에 엎드렸다. 가을은 자신이 할 말과 행동을 신우에게 빼앗긴 기분이었다.

"이가을, 이리 와 봐."

2교시 영어 시간이 끝나자마자 여름이 불렀다.

"왜?"

"이거, 알지?"

여름은 조심스럽게 종이를 내밀었다. 조금 전 영어 시간에 좋아하는 책을 소개하는 글짓기를 했다. 대부분 아이들이 수업이 끝날 때쯤에 제출했지만 몇몇 아이들은 마무리를 못 했다. 영어는 담임 과목이다. 담임은 다 쓰지 못한 아이들은 점심시간까지 교무실로 가져오라고 했다. 여름이 내민 종이는 봄이 것까지 포함해 두 장이다. 공부도해 본 사람이 한다고 과제에 익숙하지 않은 봄과 여름 것도 가을이해야 한다. 으휴, 귀찮아. 가을은 종이를 홱 낚아챘다.

"눈, 눈!"

여름이 눈에 힘을 풀라며 지적했고 가을은 알았다며 억지웃음을지었다. 쉬는 시간 봄과 여름이 아이들과 떠들고 노는 사이, 가을은둘의 과제를 했다.

연필을 너무 세게 잡았나. 가을은 오른손 중지가 아파 잠시 연필을 내려놓은 뒤 왼손으로 중지를 주물렀다. 신우는 또 창밖만 보고있다. 수업 시간이나 쉬는 시간이나 점심시간에 신우가 하는 행동은딱 두 가지다. 엎드려 있거나 창밖 바라보기. 왜 저렇게 지긋지긋해 보이지. 설마 너도?

신우가 고개를 돌렸고 가을과 눈이 마주쳤다. 가을은 얼른 고개를 숙였다. 괜히 피했나? 마치 가을이 신우를 훔쳐보다가 들킨 것처럼 되어 버렸다. 널 보고 있던 게 아니라고 말을 해야 하나? 그게 더 이상하다. 가을이 고민하는 사이 신우는 다시 책상 위로 엎드렸고 가을은 여름의 글짓기 과제를 마저 했다.

집에 오자마자 봄과 여름이 소파에 눕듯이 앉았다.

"아휴, 피곤해."

"도저히 못 해 먹겠네."

오늘도 둘은 힘들다며 난리다.

"가을아, 양갱."

봄이 가을에게 손을 내밀었다. 가을은 주방으로 들어가 간식 상자를 열어 양갱을 꺼냈다.

"자, 여기."

봄이 고개를 저었다.

"뜯어 줘야지."

"아, 진짜."

가을은 말은 그렇게 하면서도 양갱 포장지를 뜯어 다시 봄에게 건넸다. 봄이 양갱을 한 입 가득 깨물어 입안에서 녹여 먹었다.

"도대체 뭐가 그렇게 피곤하다는 거야?"

가을은 팔짱을 낀 채 소파에 앉은 봄과 여름을 내려다보며 말했다.

"너도 내 나이 돼 봐라. 안 피곤하겠냐?"

"지겨워, 그 나이 타령."

가을이 한숨을 내쉬었다.

"그리고 둔갑술에 얼마나 많은 에너지가 소모되는데. 1단계도 보통 일이 아니라고."

여름이 끙, 앓는 소리를 냈다. 1단계 둔갑술은 자신의 과거나 미래로 변하기, 2단계 둔갑술은 다른 모습으로 변하기, 3단계 둔갑술은 사람이나 동물이 아닌 초월적 존재로 변하기인데 가을네는 2단계까지만 가능하다. 3단계는 본야호들만 할 수 있다.

"그럼 그만 원래대로 돌아와."

가을이 소리치자 그제야 봄과 여름은 "아, 맞다.", "그러네." 하면서 소파에서 일어났다. 둘은 제자리에서 뱅그르르 한 바퀴를 돌았다. 가을 앞에는 봄과 여름이 아닌 할머니와 엄마가 서 있다.

"그래도 열다섯이 좋긴 해. 탄력 없는 거 봐."

엄마가 양손바닥으로 볼을 문지르며 말했다.

"애, 그래도 너는 나보다 낫지. 번데기 앞에서 주름 잡지 마라."

할머니가 엄마에게 한 소리했고 엄마는 "그렇긴 해."라며 해맑게 웃었다.

"넌 좋겠다. 영원히 열다섯이라서. 저 피부 좋은 거 봐."

할머니 말에 가을은 '좋긴, 개뿔'이라고 말했다. 물론 속으로.

"근데 네 짝은 왜 그러냐? 걔 완전 아싸라던데."

할머니가 신우를 두고 말했다. 신우는 가을뿐만 아니라 반 아이들 누구와도 말 한마디 하지 않았다. 영혼을 집에 두고 온 것처럼 몸만 흐느적흐느적 움직였다.

"아싸? 할머니가 그런 말도 알아?"

가을이 웃으며 물었고 할머니는 어깨를 으쓱하며 대답했다.

"그럼. 내가 또 학습 속도가 빠르잖니."

"몰라, 나도. 걔가 왜 그런지. 나 들어간다."

가을은 할머니와 엄마를 뒤로 하고 방으로 들어왔다. 주먹으로 양어깨를 두드렸다. 피곤한 건 할머니와 엄마뿐만이 아니다. 학교에서 둘을 돕느라 가을도 힘들다. 할머니는 자꾸 나이를 말하는데, 15세와 55세는 나이 차이가 크다고 말할 수 있으나 515세와 555세는 별로 차이가 나지 않는다. 가을도 나이 먹을 만큼 먹었고 살 만큼 살았다. 하지만 한 번 손녀는 영원한 손녀, 한 번 딸은 영원한 딸이기에 어쩔 수 없다. 문제는 오백 년을 이렇게 살았다는 게 아니라 앞으로도 그럴 거라는 거다.

가을네 삼대 모녀가 야호로 산 지 꼭 오백 년이 되었다. 야호는 여우에서 인간 모습으로 변한 본(本)야호와 야호의 도움을 받아 인간에서 야호가 된 종(從)야호가 있다. 가을네 삼대는 종야호다.

가을이 서희였던 시절, 눈밭에서 여우 한 마리를 발견했다. 눈보다 새하얀 여우는 오른쪽 다리가 덫에 걸려 오도 가도 못 했다. 가을은 햇빛이 닿아 눈부시게 빛나는 여우를 홀린 듯 지켜봤다. 순간 여우와 눈이 마주쳤고 그제야 정신을 차렸다. 그대로 두면 사냥꾼이 여우를 잡아가겠구나 싶어서 맨손으로 덫을 열었다. 요령이 없어 손바닥이 찢겼다. 그 흉터는 아직 그대로다. 여우는 덫에 다리를 세게 눌려 잘 걷지 못했고 가을은 피가 뚝뚝 떨어지는 손으로 여우를 안고 집으로 돌아왔다. 할머니와 엄마는 놀랐지만 가을을 나무라지 않았다. 셋은 정성스레 여우를 치료해 주었다. 그 여우가 바로 '령'이다.

령은 야호의 시작이자 우두머리다. 령은 본야호이기에 가끔 원래 모습인 여우가 되어야 한다. 본야호들에게는 야생 본능이 남아 있다. 그날 령은 여우로 둔갑하여 눈밭을 뛰어다녔다. 덫쯤이야 혼자 얼마든지 빼고 나올 수 있지만 가을이 나타나는 바람에 둔갑을 못 했고 가을이 하는 대로 두었다. 훗날 가을은 괜한 오지랖을 피웠다는 것을 알았다. 하지만 그 덕분에 령은 가을네 세 모녀를 살려 주었다. 야호는 한 번 입은 은혜는 절대 잊지 않는다는 철칙이 있다. 령은 죽어가는 세 모녀를 살리기 위해 그들을 종야호로 만들었다. 령에게도 세 모녀에게도 선택의 여지는 없었다. 그건 령을 살렸던 가을에게도 마찬가지였다. 살릴까 말까가 아니라 살리는 것뿐이었다. 어쩌면 인생은 선택이 아닌 그냥 흘러가는 것인지도 모른다.

"가을아!"

또 바깥에서 가을을 불렀다. 방에 들어온 지 고작 십 분도 채 되지 않았다. 가을은 못 들은 척하고 그대로 책상에 앉아 하던 일을 계속

했다.

"뭐 해?"

결국 엄마가 방문을 열고 들어왔다. 가을은 쓰고 있던 다이어리를 얼른 덮었다.

"뭘 그렇게 매일 적어?"

"그냥."

가을은 매일 있었던 일을 기록한다. 이렇게라도 해야 계속되는 하루하루를 견딜 수 있다.

"가을아, 나 이거 하나도 모르겠어."

엄마가 내민 건 수학 문제집이다.

"이 문제 어떻게 푸는 거야?"

"쉬운 건데."

가을이 함수를 풀어서 쉽게 설명했지만 엄마는 계속 고개를 갸우뚱했다.

"너무 어려워. 너는 이걸 다 어떻게 알아?"

"엄마도 중학교만 백 년 가까이 다녀 봐. 모르는 게 이상하지."

"하긴. 그렇겠다."

가을은 서당에 다니다가 근대 학교가 생긴 뒤부터는 계속 학교에 다녔다. 열다섯의 몸으로 지내려면 어쩔 수 없다. 반면에 할머니와 엄마는 한 번도 학교에 다닌 적이 없다. 그런데 올해 초 갑자기 둘은 가을과 함께 학교에 다니겠다고 선언했다. 야호는 원하는 모습으로 둔갑할 수 있는데 둔갑술은 하루 여덟 시간 이상 지속하기 어렵다. 할머니와 엄마는 등교 직전에 자신들의 열다섯 살 모습으로 둔갑하고 하교 뒤 원래 모습으로 돌아온다. 가을은 각자 따로 학교에 다니자고 했지만 할머니와 엄마는 학교생활을 잘 모른다며 가을이 도와주어야 한다고 했다. 그래서 세쌍둥이로 위장하여 같은 학교로 왔다. 새 주민등록을 만드는 것은 어렵지 않다. 야호가 운영하는 만사통에 보내면 며칠이면 나온다.

이번에 사용할 이름을 두고 할머니와 엄마는 꽤 고심했다. 할머니는 기품 있게 사군자인 '매, 난, 국'으로 하자고 했다. 가을은 손사래를 쳤다. 요즘 누가 그런 이름을 쓴다고. 그러자 엄마는 순우리말을 찾아 '하나, 두리, 세찌'로 하자고 했는데 그럼 가을이 세찌가 되어야 한다. 세찌라니, 놀림당하기 딱 좋다.

"봄, 여름, 가을로 해. 그게 가장 무난해."

가을의 의견에 할머니와 엄마가 좋다고 했다. 그렇게 세 모녀는 봄과 여름과 가을이 되었다. 성을 고른 건 할머니다. 성도 선택할 수 있는데 열 번 중의 아홉 번은 꼭 '이씨'다. 세상에 널린 게 이씨인데 할머니는 왕가의 성이라며 꼭 이씨를 고집했다.

"왜 답이 틀리지?"

엄마는 계속 헤맸다.

"엄마, 시험 못 봐도 돼. 할머니 봐 봐."

할머니는 거실에서 텔레비전 드라마를 보며 까르르 웃었다. 할머니에게 시험은 딴 세상 이야기다.

"싫어. 그러다가 꼴찌하면 어떻게 해?"

"요즘은 성적표에 등수 안 나와. 성적표에 부모님 도장 받는 일 같은 건 이제 없어."

"그래도 다들 눈치껏 안다며?"

엄마도 반 아이들에게 다 들은 게 있다고 알은체했다.

"꼴찌는 할머니가 할 거야."

가을이 엄마 귀에 대고 작게 말했다.

"얘! 나 꼴찌 안 해. 내가 왜 꼴찌야?"

할머니는 어찌 들었는지 화를 냈다. 평소에는 귀가 잘 들리지 않는다며 텔레비전과 핸드폰 볼륨은 가장 크게 해 놓으면서 이런 건 또 잘 들었다.

"엄마도 텔레비전 좀 그만 봐. 그렇게 공부 안 하면 꼴찌해. 요즘 애들이 얼마나 열심히 시험 준비하는데. 다 학원 다니고 그러잖아. 엄마는 학원도 안 다니고 수업 시간에는 맨날 졸고. 도대체 어쩌려고 그래?"

엄마가 할머니에게 정신 차리고 시험 준비를 하라고 했다. 시험을 앞두고 학생들이 왜 시험 스트레스를 받는지 알 것 같다며 엄마는 소화도 잘 안 된다고 했다.

"얘, 영어랑 역사 두 과목만 잘 봐도 돼. 그것만 잘해도 먹고 들어가."

역시 할머니는 계산을 다 끝냈다.

"아, 그런가?"

엄마의 표정이 환해졌다. 할머니 말대로 세 모녀는 두 과목은 걱정 없다. 영어는 세계 곳곳을 다녔기에 웬만큼은 할 줄 알았고 역사는 남들보다 오래 살았기에 많이 안다.

"에이, 그럼 나도 수학 한 과목은 포기해야겠다."

엄마는 얼른 수학 문제집을 덮더니 마감하러 간다며 가을 방에서 나갔다. 엄마는 몇 년 전부터 '여우누이'라는 필명으로 웹소설을 쓰고 있다. 가을네 주 수입원은 엄마의 고료다. 주로 역사 로맨스 소설을 쓰는데 인기가 제법 많다. 가을네 반에도 엄마 소설을 읽는 아이들이 여럿이다. 다들 엄마가 꾸며 쓰는 이야기인 줄 아는데 사실 실제 있었던 일이다. 엄마는 살면서 옆에서 보고 겪었던 일을 소설로 썼다. 가을의 이야기도 쓴 적이 있어서, 가을은 앞으로는 절대 자신의 이야기만은 하지 말아 달라고 부탁했다.

그런데 무슨 소리지? 거실에서 들리는 목소리가 둘이다. 방문을 열어 보니 일하러 간다는 엄마가 거실에서 할머니와 텔레비전 드라마를 보고 있다.

"이 여우 같은 년! 당장 우리 아들한테서 떨어져."

할머니가 드라마의 대사를 따라했다.

"엄마, 우리 같으면 이렇게 말할 텐데. 전 여우 같은 게 아니고 여우인데요?"

"맞아, 맞아."

둘은 그런 시답잖은 농담을 하며 즐거워했다.

가을은 시끄러워 방문을 닫은 뒤 침대 위에 누웠다. 중간고사가 다음 주이지만 가을은 따로 공부하지 않는다. 다 아는 거니까. 그래도 1등은 하지 않는다. 다른 아이들에게 피해를 주면 안 되니까. 일부러 아는 답을 틀리게 쓴다. 하지만 딱 한 번 일부러 1등을 한 적이 있다. 같은 반에 잘난 척하는 아이가 있었다. 공부 잘한다고 어찌나 얄밉게 굴던지. 그 아이를 1등 못 하게 하려고 그냥 1등을 해 버렸다. 그 애는 지금 서른 살쯤 되었을까. 어떻게 살고 있으려나. 이제는 이름도 얼굴도 기억나지 않는다. 가을을 스쳐 간 아이들이 너무 많아 일일이 기억할 수가 없다. 시간은 흐르고 또 흐르니까. 하지만 가을은 여전히 열다섯에 멈춰 있다.

신우

"렐라, 너도 식당 같이 가자."

점심시간이 되자 봄과 여름의 친구인 지나와 세영이 가을까지 챙겼다. 가을은 아이들 뒤를 따라갔다. 렐라는 가을의 별명이다. 여름이 못다 한 숙제를, 봄이 제 몫의 교실 청소를 가을에게 시키는 걸 친구들이 알게 되었다.

지난주에 가을이 운동장 청소를 하고 교실로 돌아왔는데 봄이 가을을 불렀다.

"자."

봄은 가을에게 걸레를 건네주며 창문을 가리켰다. 봄은 왼손 주먹으로 제 오른쪽 어깨를 두드렸다. 어깨가 아프다는 뜻이다. 할머니는 오십견 때문에 계속 고생 중이다.

"알았다고."

가을은 걸레를 받아 창틀을 닦았다.

"왜 네 청소를 가을이가 해?"

지나가 봄에게 물었다. 봄이 아무 말 안 하자 지나가 의미심장하게 웃으며 물었다.

"너희 둘, 가을이 언니 아니지?"

창틀을 닦던 가을이 멈칫했다. 뭐야, 설마 눈치챈 걸까.

"무슨 소리야? 우리 가을이 언니 맞거든!"

봄이 당황한 걸 숨기며 말했다.

"여름이도 가을이한테 숙제 시키더라. 완전 신데렐라 언니들이라니까."

지나가 웃으며 말했다. 그렇게 가을은 신데'렐라'가, 봄과 여름은 신데렐라 언니들이 되었다. 옛날 같으면 신데렐라가 인기겠지만 요즘은 아니다. 다들 신데렐라 언니들이 멋지다고 했다.

봄과 여름은 그동안 친구들을 많이 사귀었다. 가을은 최대한 누구와도 엮이지 않고 조용하게 지내는 게 목표라 봄과 여름의 친구들하고만 간간이 어울릴 뿐이다.

오늘 반찬은 제육볶음과 미역국이다. 밥 한 숟가락 먹고 열 마디쯤 하는 아이들과 달리 가을은 조용히 밥을 먹었다. 대각선 맞은편에 혼자 밥을 먹는 신우가 보였다. 오늘은 점심을 먹으러 왔나 보다. 신우는 점심을 먹지 않을 때도 많았다. 대부분 아이들은 수업 시간 내내 자다가도 쉬는 시간이 되면 언제 그랬냐는 듯 일어나서 노는데,

신우는 아니었다. 신우는 쉬는 시간에도 내내 누워 있었다. 한번은 정신을 잃은 게 아닐까 싶을 정도로 계속 같은 자세로 엎드려 있었다. 가을은 의자를 끄는 척하고 신우의 의자를 툭 건드렸다. 그때 신우는 귀찮다는 듯이 의자를 끌어 옆으로 옮겼다. 가끔 보게 되는 신우 눈빛은 의욕이 없다기보다 왜인지 슬프고 쓸쓸해 보였다.

"근데 쟤는 왜 혼자 다녀?"

가을이 묻자 지나가 고개를 돌려 신우를 봤다.

"아, 원래 저래. 작년에 나랑 같은 반이었는데 그때도 그랬어. 난 쟤 목소리가 어떤지도 모르겠어."

여름이 혹시 반에서 따돌림을 당하는 거냐고 물었다.

"아니. 쟤가 우리를 따돌리면 따돌렸지. 말 걸어도 쳐다보지도 않아. 유신우가 우리 반 전체를 무시한다니까. 처음엔 여자애들이 잘생겼다고 좋아하는데 워낙 쌀쌀맞으니까 다들 돌아서더라."

짝이 된 지 한 달이 다 되어 가지만 가을도 신우와 말 한마디 해 본 적이 없다. 신우는 가을을 완전히 투명 인간 취급했다. 아! 딱 한 번 말을 해 보긴 했다. 신우가 자기 자리로 들어오려고 가을에게 무심하게 "야, 비켜."라고 말했고, 그래서 가을이 의자를 앞으로 당기면서 "응."이라고 답한 적이 있다.

"근데 유신우 초등학교 때 심하게 왕따당한 적 있다던데?"

세영이 신우와 같은 초등학교를 나온 아이에게 들었다며 알려 주었다.

"진짜? 그건 몰랐네. 왜 왕따당했지? 저렇게 행동해서 그런가?"

지나가 오이를 집어 먹으며 대수롭지 않게 말했고, 봄이 두 주먹으로 식탁을 내리치며 말했다.

"그건 아니지. 원인은 피해자에게 있는 게 아니라 가해자에게 있는 거야. 잘못을 저지른 사람에게 이유를 물어야지. 당한 사람에게 묻는 게 아니라."

"오오, 역시 멋있어. 봄!"

지나와 세영이 물개 박수를 쳤다. 봄이 훈계하듯 말할 때 아이들은 기분 나빠하지 않고 오히려 어른 흉내를 낸다며 재밌어했다. 봄은 친구들이 멋지다고 하니 우쭐댔다. 가을은 속으로 혀를 찼다. 저말은 할머니가 사기를 당하고 돌아올 때 임마와 가을에게 자주 했던 말이다. 사기 친 놈이 잘못이지 왜 사기당한 내가 잘못이냐고.

밥을 다 먹었는지 신우가 식판을 들고 일어나 급식실을 나갔다. 가을은 이상하게 자꾸 신우가 신경 쓰였다.

중간고사가 끝나자 교실 안은 다시 온풍이 불었다. 반 아이들은 체육대회 준비로 들떠 있었다. 시험 때는 다들 학교를 끔찍하게 여겼지만 체육대회가 다가오자 다시 학교를 좋아했다. 할머니와 엄마도 그랬다. 중간고사 기간에는 학교에 괜히 다니기 시작했다느니 학생들이 불쌍하다느니 하며 투정을 부렸지만 체육대회를 한다고 하니 신이 났다.

가을은 할머니에게 학교 다니는 거 힘들지 않느냐고 물었다.

"재밌어. 내가 어렸을 때 서당에 그렇게 가고 싶었거든. 그런데 우리 아버지가 못 가게 해서 얼마나 한이 됐는데. 내가 이래 봬도 혼자 천자문을 뗀 사람이야."

가을은 야호가 되기 전에도 서당에 다녔지만 엄마와 할머니는 그조차도 다닌 적이 없다. 가을은 서당에 다니는 유일한 여자아이였다. 서당에 온 가을을 남자아이들은 힐끔힐끔 보며 피하거나 대놓고 무시했다. 그게 싫어 가을이 서당에 다니지 않겠다고 했지만 할머니는 그래도 가야 한다고 했다. 동네 사람들은 여자가 배워서 뭐 하느냐고 할머니를 나무라기도 했다. 그랬던 때가 있었다. 그러고 보면 오백 년 동안 바뀐 것이 참 많았다.

가을은 1층 복도를 걸어가다 담임 선생님을 만났다.

"가을아, 반 티셔츠가 왔는데 교실에 좀 가져다줄래?"

가을이 "네."라고 대답하자마자 담임이 뒤를 보며 말했다.

"어? 저기 신우도 있네. 유신우!"

고개를 돌려보니 정말 신우가 있었다. 가을과 신우는 선생님을 따라 교무실로 들어갔다.

선생님 책상 앞에 커다란 상자 두 개가 있었다. 담임은 상자 하나를 열어 반 티셔츠를 보여 주었다. 형광 노란색이 지나칠 정도로 화사했지만 할머니는 개나리 같다며 분명 좋아할 거다. 나이가 들수록 화려한 색을 좋아하게 된다며. 가을은 할머니가 보일 반응을 생각하며 속으로 웃었다.

"반장한테 나누어 주라고 해. 선생님은 회의가 있어서 반장이 대신 종례할 거야."

가을과 신우는 상자를 하나씩 들었다. 선생님은 무거우니 화물용 엘리베이터를 타고 올라가라고 했다.

가을은 앞서가는 신우를 따라 엘리베이터를 향해 걸었다.

신우가 버튼을 누르자 4층에 있던 엘리베이터가 천천히 내려왔다. 가을은 신우와 나란히 서 있는 게 무척 어색했다.

"엄청 느리다."

가을이 중얼거렸지만 신우는 아무 대꾸도 하지 않았다.

잠시 뒤 엘리베이터가 1층에 도착했다. 문이 열렸지만 신우가 그대로 있어 가을이 먼저 탔다. 1층에서 2층까지 가는데도 엄청 길게 느껴졌다. 차라리 걸어가는 게 빠를 것 같았다.

숫자가 '2'에서 '3'으로 바뀌는데 갑자기 덜컹하면서 엘리베이터가 멈췄다. 전등도 꺼졌다. 어? 뭐지? 고장 났나?

가을은 상자를 바닥에 내려놓고 비상 버튼을 눌렀다.

"엘리베이터가 멈췄어요."

가을이 말했지만 아무 반응이 없었다. 비상 버튼도 고장 난 걸까. 주머니에 손을 넣어 핸드폰을 찾았지만 없었다. 아, 가방에 넣어 두었지. 어떻게 할지 생각하고 있는데 뒤에서 쌕쌕거리는 거친 숨소리가 들렸다. 뒤돌아보니 신우가 엘리베이터 구석에 앉아 숨을 거칠게

몰아쉬었다.

"너 왜 그래?"

신우의 입술이 파랬다. 가을은 다시 비상 버튼을 눌렀다.

"왜 이렇게 안 되는 거야. 저기요, 엘리베이터가 멈췄어요!"

신우가 계속 쌕쌕댔고 가을까지 숨이 가빠지는 것 같았다. 신우는 덜덜 떨기까지 했다. 가을은 신우 옆에 앉은 뒤 조심스레 신우 손을 잡았다.

"금방 나가게 될 거야. 걱정 마."

다행히 신우는 손을 뿌리치지 않고 가만히 있었다. 가을은 며칠 전 세영이 해 준 이야기를 떠올렸다. 가을이 신우에 대해 궁금해하자 세영이 옆 반 아이에게 들었다며 알려 주었다.

신우는 초등학교 때는 지금과 달리 키가 작은 편이었다. 4학년 때 신우네 반 아이들이 신우를 과학실 도구함에 들어가라고 한 뒤 밖에서 문을 잠가 버렸다고 했다. 작고 어두운 공간에서 신우는 얼마나 무서웠을까. 신우는 계속 덜덜 떨었고 신우의 떨림이 고스란히 가을에게도 전해졌다.

"아무도 너 못 해쳐."

조용히 있으면 신우가 더 무서워할 것 같아 가을은 이런저런 말을 했다. 반 티셔츠 색깔이 조금 덜 밝았으면 좋았을 것 같다고도 했고 체육대회에서 어떤 종목에 출전할지 고민된다는 말도 했다.

"너는 무슨 종목 출전할 거야? 난 축구하려고. 너도 같이 나갈래?"

가을이 물었지만 신우는 여전히 대답하지 않았다.

"그래도 학교에 시험만 있지 않아서 다행이야. 체육대회도 있고 소풍도 있잖아."

가을은 계속 혼자 말했다.

"사람도 그렇더라고. 세상에는 좋은 사람만 있지 않아. 그런데 나쁜 사람만 있는 것도 아니더라. 나쁜 사람 때문에 좋은 사람을 놓치면 안 되잖아."

가을은 이제까지 만났던 사람들을 떠올리며 말했다. 살아 온 긴 시간 동안 가을네 가족을 괴롭히고 못 살게 굴던 사람도 있었지만 서로 도우며 가까이 지냈던 사람도 있었다. 울기도 하고 웃기도 하고 화도 내고 기뻐도 하고. 그 모든 게 모여 하나의 삶이 되었다.

어느새 신우는 머리를 가을 어깨에 기댔다. 가을은 언젠가 령이 자신에게 해 주었던 말을 신우에게 그대로 했다.

"좁고 어두운 곳에서 계속 그렇게 문 닫고 살면 답답해. 문 열고 나와야지."

쌕쌕거리던 신우의 숨이 조금씩 가라앉았다.

쉬는 시간이 되었지만 신우는 책상 위에 엎드리지 않았다. 웬일로 다음 시간 교과서를 꺼내 한 장 한 장 넘겼다.

"근데 왜 애들이 너한테 렐라라고 부르는 거야?"

신우가 시선은 교과서에 둔 채 가을에게 말을 걸었다. 신우가 이렇게 길게 말하는 건 처음이었다. 엘리베이터에 갇혔을 때도 결국 신우는 말 한마디 하지 않았다. 몇 십 분 뒤 엘리베이터가 다시 작동했을 때 신우는 아무 말 없이 저벅저벅 걸어서 바깥으로 나갔다.

"그냥. 내가 언니들 숙제를 좀 도와주거든."

"왜?"

"언니들이 잘 못해서. 잘하는 사람이 도와야지."

"지난번에 보니까 네가 청소도 대신 해 주는 것 같던데."

"가끔 해 주는 거야."

"가끔이 아닌 것 같은데……."

매일 엎드려 있는 줄만 알았던 신우인데 다 보고 있었나 보다. 가을은 집에 가서 엄마와 할머니에게 한마디 해야겠다고 다짐했다. 남일에 관심 없는 신우 눈에마저 그리 보이다니 억울했다.

"그럼 부모님이 뭐라고 안 그러셔?"

"부모님? 음, 엄마는 언니들 말 잘 들으라고 하지."

가을은 여름을 바라보며 말했다. 여름은 친구들과 수다를 떠느라 정신이 없다. 새로 나온 화장품에 대해서 이야기 중인데 아주 물 만난 물고기다. 엄마는 원래 멋 내는 것을 좋아한다.

"그리고 아빠는 안 계셔. 할머니랑 엄마랑 살아."

"난 할머니랑 둘이 사는데."

"어?"

"부모님 두 분 다 돌아가셨거든. 내가 다섯 살 때 그랬대."

갑자기 이렇게 훅 치고 들어오면 어쩌자는 거야. 가을은 무슨 말을 해야 할지 몰라서 아무 말도 안 했다. 이럴 때는 침묵이 최고다. 괜한 말을 할 바에는 안 하는 게 낫다. 오백 년을 살아오면서 깨달은 지혜 중 하나다.

그런데 신우도 더 이상 말을 하지 않았다. 가을은 신우 얼굴을 슬쩍 바라봤다. 왠지 모르게 슬퍼 보였다.

이대로 대화를 끝내면 많이, 아주 많이 어정쩡할 것 같다. 가을은 조심스럽게 물었다.

"왜 돌아가신 건데?"

"큰 사고가 있었거든. 나만…… 살았대. 근데 기억이 하나도 안 나."

신우는 아무렇지 않은 듯 말하려고 했지만 입가가 일그러졌다. 신우 삶의 무게가 가을에게 느껴졌다. 그랬구나.

가을은 저도 모르게 손을 들어 신우 머리를 쓰다듬었다.

"잘 자랐네."

이건 가을이 한 말이 아니다. 신우 부모님 대신 전하는 말이다. 신우는 뭐 하는 거냐며 하지 말라고 했지만 가을은 이렇게라도 신우를 다독여 주고 싶었다.

야호족

집으로 돌아온 가을은 쾅 소리 나게 방문을 닫고 들어갔다. 오늘은 자기를 건드리지 말라는 신호다.

원래의 모습으로 돌아온 할머니와 엄마는 소파에 나란히 앉아 닫힌 방문을 보며 이야기를 주고받았다.

"또 시작이야."

눈치 빠른 할머니는 학교에서부터 가을이 이상하다는 걸 알아차렸다. 대답을 하는 가을의 말투가 달랐다. 평소에 무언가를 시키면 곧바로 "응."이라고 재깍 대답을 했는데 오늘은 한 박자 쉰 뒤 낮게 한숨을 쉬고 "응."이라고 했다. 할머니는 가을이 이상하다고 말했지만 엄마는 과민 반응이라고 했다. 하지만 아니나 다를까 집에 오는 내내 가을은 한마디도 하지 않았다.

"진짜 엄마 말이 맞았네. 엄마는 어쩜 그렇게 눈치가 빨라?"

"애, 내가 너희를 몇 년을 봤는데. 이상한 건 오히려 너야. 너는 어쩜 그렇게 네 딸을 모르니?"

"나 대신 엄마가 알면 되지 뭐. 그런데 이번엔 왜 그러지?"

엄마는 도통 모르겠다고 했지만 할머니는 이유를 알 듯했다.

몇 년에 한 번씩 가을이 방문을 닫고 들어가는 때가 있다. 바로 야호를 부정하고 싶을 때다. 아무래도 오늘 두심을 만나서 그런 것 같다. 두심이 세 모녀가 다니는 학교의 교장이기 때문이다.

"하필 이 학교 교장으로 있을 건 뭐야."

엄마는 괜히 두심 탓으로 돌렸다. 엄마와 할머니도 종종 예전에 만났던 지인들을 다시 만날 때가 있지만 둘은 그들을 본다고 크게 흔들리지 않았다. 인생을 살 만큼 살아 봐서다. 하지만 가을은 다르다.

가을의 친구들은 어른이 되지만 가을은 어른이 될 수 없다. 가을의 몸은 야호가 되었던 열다섯 살 때 그대로다. 직업을 가질 수도 결혼을 할 수도 부모가 될 수도 없다. 오백 년째 가을은 열다섯이고 앞으로도 영원히 열다섯이다.

"엄마, 가을이 꼭 학교에 보내야 해?"

"그럼 어떻게 하니? 우리처럼 일을 할 수도 없잖아. 매일 집에만 있어?"

가을은 학교에라도 다녀야 긴 하루를 그럭저럭 보낼 수 있다. 한때 가을은 어른의 모습으로 둔갑해 지낸 적도 있었다. 하지만 가을은 둔갑한 가짜 삶이 만족스럽지 않았다. 안 그래도 위장 신분으로 사는데 얼굴까지 바꿔 가며 살고 싶지 않았다. 이름이 달라지더라도 자신의 모습 그대로 사는 게 나았다.

"아무래도 령 님이 오셔야겠어."

할머니의 말에 엄마가 고개를 끄덕였다.

가을이 학교에 결석한 지 사흘이 지났다. 가을은 동굴 속에서 겨울잠을 자는 곰마냥 방에서 꼼짝을 하지 않았다. 밥도 먹지 않고 침대에만 누워 있었다. 가을이 학교에 안 가니 할머니와 엄마도 같이 쉬었다. 학교에는 체험 학습 신청서를 냈다. 둘은 학교에 처음 다니지만 가을이 덕분에 학부모 노릇은 오래해 학교에 관한 건 누구보다 빠삭했다.

똑똑.

방문을 두드리는 소리가 들렸지만 가을은 못 들은 척했다.

"서희야, 나 들어가도 돼?"

가을은 자신의 첫 이름을 부르는 목소리를 듣고 눈을 떴다. 야호들은 적응을 위해 서로를 새 이름으로 불러 준다. 가을도 제 첫 이름을 잊고 지낼 때가 많은데 딱 한 사람만은 잊지 않고 불러 준다.

"나 들어가도 되지? 들어간다."

문을 열고 들어온 건 령이다. 가을은 당장이라도 일어나서 령을 보고 싶었지만 꾹 참았다. 일부러 이불을 머리끝까지 뒤집어썼다.

"나 서희 얼굴 너무 보고 싶은데 보여 주지도 않네."

령을 마지막으로 만난 건 이 년도 훨씬 전이다. 그동안 령은 키르기스스탄에 가서 의료 봉사 활동을 했다. 한국전쟁이 끝난 뒤 령은 의사가 되고 싶다고 했다. 아무리 야호라고 하더라도 의술을 배우지 않고 의사를 할 수는 없다. 령은 의대에 들어가 공부를 하고 학위를 딴 뒤 세계를 돌아다니며 봉사 활동 중이다.

"야호로 사는 거 싫지?"

가을은 아무 대답도 하지 않았다. 이게 싫고 좋고로 나눌 수 있는 문제인가. 민트 초코 맛 아이스크림을 두고는 좋다 싫다를 이야기할 수 있지만, 삶은 아이스크림이 아니다.

"미안해."

"뭐가? 이게 뭐 령 님 잘못이야?"

가을이 이불을 걷어차고 일어났다.

"그래도 나 때문에 네가 야호가 된 거니까."

"그래서 내가 살았잖아. 그럼 된 거잖아."

"정말?"

령이 활짝 웃었다. 령이 웃으면 꽃도 나무도 강도 바다도 해도 달도 웃는다. 령의 미소는 온 세상을 밝힌다.

"그렇게 웃지 마. 나 이 년도 넘게 보러 오지도 않았으면서."

"보고 싶었어."

"거짓말."

말은 그렇게 했지만 가을은 령을 따라 배시시 웃었다.

"령 님, 그동안 어떻게 지냈어?"

령은 키르기스스탄에서 지내면서 있었던 일에 대해 들려주었다. 모두가 살 수 없다고 했던 십 개월 된 아이는 령의 치료를 받아 이제 막 걸음마를 시작했고 령을 따라 의사가 되겠다며 공부를 시작한 열두 살 소녀도 있다고 했다.

"나 옆에 앉아도 돼?"

령이 묻자 가을은 대답 대신 옆으로 움직여 자리를 만들었다.

"참, 휴는? 수호대 활동 끝나지 않았어?"

휴는 령의 남동생으로 호랑족의 일탈을 막는 수호대의 일원으로 활동 중이다.

"아, 시베리아에 갔어. 조금 쉬다 오고 싶대. 휴 돌아오면 여기서 나랑 같이 지낼 거야."

"어? 그럼 령 님도 다시 안 가?"

"응. 거긴 이 년만 있기로 한 거라서. 올해는 여기에 있어야 해."

"잘됐다."

령이 당분간 한국에서 지낸다는 이야기에 가을은 마음이 풀렸다.

"그리고 나 새 이름 생겼어. 앞으론 가을이라고 불러."

"맞다. 봄, 여름, 가을로 하기로 했다고?"

"응. 나 하마터면 세찌 될 뻔했다니까?"

가을은 학교에서 있었던 일을 종알종알 령에게 말했다.

"사월이랑 하송이는 학교 잘 다녀?"

사월과 하송은 할머니와 엄마의 첫 이름이다.

"재밌대. 나만 힘들지 뭐. 숙제며 청소며 다 나한테 시키니까. 어휴, 학교는 왜 다닌다고 해서. 정말 귀찮다니까."

할머니와 엄마는 학교 다니는 일이 피곤하다고 했지만 아침 일찍 일어나 누구보다 먼저 학교 갈 준비를 했다.

"할머니는 우리 반 고민 상담가로 활동 중이야."

아이들은 고민이 있으면 봄을 찾아와 상담했다. 봄과 이야기를 하다 보면 바위만큼 큰 고민이 콩알만큼 가벼워진다고 소문이 나서 옆반 아이들까지 찾아오고 있다. 봄은 모든 건 다 지나간다고 지나 보면 별일 아니라고 이야기해 준다.

"가을아, 여기 이러고 있지 말고 우리 나갈래?"

"좋아."

계속 집에만 있어 답답했던 가을은 령과 함께 바깥으로 나왔다. 령과 함께 손을 잡고 걸을 때면 자신의 주변에 보호막이 생긴 것처럼 든든한 기분이 들었다. 둘은 근처 공원으로 갔다.

"령 님. 나 그 이야기 해 줘."

"또?"

가을이 고개를 끄덕였다. 듣고 또 들어도 그 이야기는 재밌다.

"아, 그때 참 세상이 반짝였지."

령이 이야기를 시작했고 가을은 귀를 쫑긋하고 집중했다.

"환웅이 내려왔다는 소식에 산속이 떠들썩했어. 그는 인간 세상에 관심이 많았는데 어느 날 우리들을 모아 놓고 물었어. 인간이 되고 싶으냐고. 그렇다면 방법이 있다고 말이야. 그는 동물들이 사람이 되고 싶어 한다고 여겼어. 하지만 환웅의 제안에 응한 건 곰과 범뿐이었어."

"왜 령 님은 응하지 않았어?"

"나는 여우로 사는 게 좋았어. 사람이 동물보다 낫다고 생각하는데 그건 착각이야. 우리는 같은 종족을 해치지 않고 지켜. 하지만 인간은 그렇지 않잖아."

"맞아."

가을은 오백 년을 살면서 떠올리기조차 싫은 끔찍한 일들이 인간 세상에서 벌어지는 걸 보았다. 동물은 절대 그런 일은 하지 않는다.

"범은 왜 삼칠일을 견디지 못하고 도중에 동굴에서 뛰쳐나온 거야?"

"인내심이 없었다기보다 긴가민가했을 거야. 굳이 사람이 되어 뭐 하나 싶었던 거지. 웅녀는 한번 시작한 일은 끝장을 보는 성격이었어. 미래를 보는 능력이 있었기도 했고."

령은 수천 년 전 있었던 일들이 바로 어제 일처럼 생생하다고 했다. 그때 날씨, 분위기, 대화는 지금도 또렷하게 기억된다고.

"곰은 삼칠일을 견뎌 사람이 되었어. 환웅은 자고로 사람이라면 이름을 가져야 한다며 곰에게 웅녀라는 이름을 지어 주었지. 그리고 단군을 낳았고."

웅녀가 령을 찾아온 건 단군을 낳기 직전이었다. 사람의 모습을 한 친구 웅녀는 만날 때마다 낯설었다.

"내 아이를 지켜 줘."

부른 배를 안고 웅녀가 령에게 부탁했다. 훗날 단군이 꿈꾸는 세상은 환웅의 것보다 훨씬 크고 넓다. 하지만 단군의 미래에 웅녀 자신은 보이지 않았다.

"네가 함께해 줬으면 좋겠어. 제발."

령이 거절하자 웅녀는 자신이 낳은 갓난아기 단군을 데리고 다시 찾아왔다. 령이 웅녀의 손을 잡자 웅녀가 보는 미래가 령에게도 보였다. 그때만 하더라도 인간과 동물은 함께 어울려 살았는데, 단군은 인간들의 세상을 따로 만들 생각이었다. 웅녀는 령에게 인간과 동물 사이에 중간자가 되어 양쪽 모두를 지켜 달라고 부탁했다. 결국 령은 동물들을 위해 웅녀의 제안을 받아들였다.

"내가 어떻게 하면 되는데?"

웅녀는 령뿐만 아니라 여우 일족의 도움이 필요하다고 했다. 령은 하얀 여우들을 모았다. 령의 말이라면 무조건 지지하는 이들이었다. 여우 서른 마리가 령과 함께 하겠다고 나섰다.

그날 신단 위에는 보름달이 떴다. 월식이 시작되는 순간 하늘에서 구슬 하나가 내려왔고 령은 그걸 삼켰다. 그러자 붉은 기운이 령의 몸을 감쌌다. 환웅이 다가와 령을 향해 주문을 외우자 령의 입에서 구슬이 하나씩 나오기 시작했다. 여우들은 차례대로 그 구슬을 받아 삼켰다. 그러자 령처럼 온몸에 붉은 기운이 맴돌았다. 환웅이 다시 한 번 주문을 외우자 여우들은 고통스러움에 몸을 뒤틀었다. 이대로 죽는 건가 싶을 때 모두 정신을 잃었다. 여우들이 다시 눈을 떴을 때는 월식이 끝난 뒤였다.

온몸에 털이 사라지고 매끄러운 살이 드러났다. 꼬리가 없어지고 두 손과 두 발이 보였다. 변한 건 령뿐만이 아니었다. 령 앞에는 사람이 된 일족이 서 있었다.

가을은 이 부분을 들을 때면 늘 온몸에 전율이 흘렀다. 마치 자신이 여우에서 인간으로 변한 느낌이다. 가을은 야호가 되던 순간을 기억하지 못한다. 죽음의 문턱을 넘나들던 때라 기억 자체가 없었다.

"그렇게 야호족이 탄생한 거지?"

"응. 그리고 우리는 이름을 갖게 되었어."

령의 이름을 지어 준 건 웅녀다. 웅녀는 오십여 년을 더 살다 세상을 떠났다. 노환으로 떠나는 친구 옆을 지킨 령은 처음 변했던 젊은 여자 모습 그대로였다.

"끝까지 나한테 잘 부탁한다는 말만 했어. 그 말을 떨쳐 내지 못해서 나는 지금 이렇게 살고 있고."

환웅과 웅녀는 '구슬'을 주면서 구슬의 비밀을 전부 알려 주지 않았다. 구슬을 삼킨 순간 육체의 시간이 멈춘다는 것과 일정 정도 시간이 흐르면 안정기를 지나 오백 년마다 구슬이 두 배로 늘어난다는 것을. 그걸 알았다면 과연 령은 야호족이 되는 것을 허락했을까? 영원의 무게를 자신뿐만 아니라 일족들까지 짊어지게 만들었다.

"내 역할은 인간계와 동물계의 균형을 잡는 일이라고 생각했어. 인간과 동물이 서로의 영역을 침범하지 않도록 그 경계를 지키고 싶었지. 하지만 지금은 겨우 호랑족으로부터 우리 일족만 보호하고 있어."

령이 쓸쓸하게 말했다.

가을은 동물들이 인간에게 삶의 터전을 빼앗기고 인간의 손에 의해 죽어가는 것을 볼 때마다 령이 느끼는 절망감을 조금은 이해할 수 있었다.

"인간이 이렇게 강해져 동물과 생태계를 위협할 줄 몰랐어. 그렇다고 해도 야호족의 소멸을 통해 호랑족이 인간 세상을 지배하는 일은 절대 용납할 수 없어."

호랑족은 범이 이룬 일가다. 야호족과 호랑족은 비슷한 게 많지만, 가까이 하기엔 너무 먼 존재다. 미래를 볼 줄 아는 웅녀가 두려워한 대상이 바로 호랑족이었다.

"호랑족이 구슬 훔친 이야기도 해 줘."

"범의 동생은 우리가 야호족이 된 걸 보고 욕심을 냈어. 환웅을 협박해 구슬을 얻어 내려다 실패했지. 그러자 아직 붉은 기운이 남은 야호들을 죽여 구슬을 뺏어 갔어."

호랑족은 점점 더 강해지는 인간을 극도로 싫어했다. 기회가 있을 때마다 인간 세상을 어지럽히고 파괴하려고 했다. 그때마다 야호족이 나서서 호랑족을 저지했다. 호랑족은 자신을 방해하는 야호족의 구슬을 빼앗으려고 한다. 특히 령이 가진 최초의 구슬을 손에 넣게 된다면 더 이상 야호족의 방해를 받지 않을 거라 믿었다. 필연적으로 구슬이 생성되는 오백 년마다 두 종족은 전쟁을 벌였다. 구슬은 야호의 몸속에 있는데, 평소에는 실체가 보이지 않는다. 그러나 구슬이 늘어날 때가 되면 구슬을 가진 자들의 눈에만 보이는 붉은 기운이 몸 주변에 생긴다. 그때는 실제 형태가 생겨 구슬을 몸 바깥으로 꺼낼 수 있다.

야호족과 호랑족 사이에 시도 때도 없이 싸움이 벌어졌고, 그때마다 다치거나 목숨을 잃는 일원이 생겼다. 그래서 야호족과 호랑족은 구슬 전쟁 시기 외에는 서로를 공격하지 않기로 협정을 맺었다.

"심지어 호랑족 중에는 붉은 기운이 돌 때 자기 종족들의 구슬을 뺏는 이들도 있어."

령의 이야기에 가을은 인상을 찡그렸다. 구슬을 지키려는 자와 빼앗으려는 자의 다툼은 항상 피를 부른다. 령은 야호와 호랑의 싸움을 이제 그만 멈춰야 한다고 생각했다.

"령 님, 호랑족들이 이상한 이야기 만든 건 생각할수록 화가 나. 우리가 사람의 간을 먹는다니."

"그러게. 아무리 먹을 게 없어도 어떻게 사람 간을 먹겠어? 그 루머는 천 년이 지나도 사라지지 않는다니까."

령이 씁쓸하게 웃었다. 호랑족은 야호족을 미워했기에 여우가 사람으로 둔갑해 사람의 간을 먹는다는 소문을 퍼트렸다. 여우 누이 이 야기도 호랑족이 지어낸 거다. 여우가 막내딸로 태어나 가족을 전부 잡아먹었다니 말도 안 된다. 이야기 속의 파란 병, 하얀 병, 붉은 병 은 실제 존재하지만 그것도 호랑족이 제 멋대로 각색했다. 병의 주 인은 여우 누이의 오빠가 아닌 여우다. 령은 야호들이 혹시 모를 위 험 상황에 대처할 수 있게 세 가지 색의 병을 주었다. 파란 병은 물 의 힘, 하얀 병은 덩굴의 힘, 붉은 병은 불의 힘으로 야호족을 위험에 서 지켜 준다. 가을도 령에게 세 가지 병을 받았고 필요할 때마다 사 용하고 있다.

"우리 이야긴 죄다 나쁘게 지어 놓고 자기들 이야기만 멋지게 만 들어 놨어."

가을은 못마땅해하며 말했다. 호랑족은 범이 기개 넘치고 용맹하 다는 이야기를 생산 중이다. 자기들이 동물의 왕이란다. 힘은 결코 왕의 조건이 아니다. 범이 다른 동물보다 힘이 센 건 맞지만 그 힘을 어디에 쓰느냐가 중요하다.

"범 이야기가 다 좋은 건 아니잖아."

"맞아. 곶감 보고 도망친 건 얼마나 우스운지 몰라."

가을은 범과 곶감 이야기를 떠올리며 웃었다.

호랑족에게 곶감은 금기 음식이다. 자신들의 자존심을 상하게 만 들었기에 먹지 않는다. 가을은 곶감을 먹을 때마다 호랑이 아니라 야 호라 다행이라는 생각을 했다. 이 맛있는 걸 자존심 때문에 먹지 못

한다니 얼마나 억울할까.

"고마워, 령 님. 살려 줘서."

령은 대답 대신 또 다시 화사한 미소를 지었다. 덫에 걸린 자신을 보고 펑펑 울었던 소녀를, 혹여 하얀 여우가 잘못될까 봐 잠도 못 자고 돌봤던 어여쁜 소녀를 어찌 모른 척할 수 있을까. 령은 자신이 가졌던 구슬을 가을네 세 모녀에게 주었다.

"그래도 그를 너무 원망하지 마."

가을은 자신을 해하려고 했던 이들이 누군지 알고 있다. 령이 가을의 머리를 쓰다듬어 주었다. 령의 손이 스칠 때마다 미움과 증오가 가라앉았다.

"근데 령 님, 야호로 사는 거 지겹지 않아? 령 님은 나보다 훨씬 오래 살았잖아."

령은 가을과 비교할 수 없을 정도로 긴 시간을 야호로 살았다.

"너를 만났잖아. 내가 야호가 아니었으면 너를 만나지 못했을 거야. 새로운 이들을 만나면 새로운 삶이 시작된단다."

가을은 이제껏 만났던 이들을 떠올려 보았다. 돌이켜 보면 같은 삶은 없었다.

령의 손을 잡고 걸으니 세상 전부가 가을의 편이 된 것만 같았다.

"가을아, 너는 아주 특별한 아이야."

헤어지기 전 령이 말했다.

"알아. 야호 된 거 원망 안 해."

령이 미안해하는 건 싫다. 가을은 더 이상 그날 일을 떠올리고 싶지 않다.

"아니, 정말로 넌 특별한 아이야. 그걸 잊으면 안 돼."

가을은 고개를 끄덕였다.

가을이 령과 헤어진 뒤 집으로 가는데 아무도 없는 골목길에서 인기척이 느껴졌다. 누군가 뒤를 따라오는 기분이 들어 몸을 돌렸다. 하지만 아무도 없었다. 분명 누군가 있었는데.

가을이 다시 걸으려는데 바스락 소리가 났다. 뒤돌아보니 검은 고양이다.

"야옹."

가을은 검은 고양이에게 손을 흔들어 인사했고, 고양이도 가을에게 "야옹." 하고 인사한 뒤 가 버렸다.

은혜 갚는 봄

세 자매는 며칠 만에 학교에 왔다. 친구들이 그동안 어딜 갔느냐고 물었다. 봄과 여름이 체험 학습 동안 여행 갔던 곳에 대해 줄줄 이야기했다. 가을은 속으로 '거짓말' 하고 말했다. 실은 집에 내내 있었으니까.

"너희들도 지리산에 꼭 가 봐. 지리산이 얼마나 좋은 산인데. 안 가 보면 절대 알 수 없다니까."

봄이 지리산 예찬론을 늘어놓았다. 아이들은 등산은 질색이라고 했지만 가을도 지리산을 좋아한다. 지리산은 세상을 떠난 야호들이 묻히는 곳이다.

가을은 할머니와 엄마를 따라 자주 지리산에 올랐는데, 야호들의 무덤을 보면 슬프다기보다 이상하게 마음이 편안해졌다. 영원할 것 같은 야호의 삶도 언젠가 끝난다는 사실에.

"산 오르는 거 안 힘들어?"

신우가 물었다. 신우도 봄의 이야기를 듣고 있었나 보다. 가을은 다이어리에 적던 걸 멈추고 말했다.

"쉬엄쉬엄 오르면 할 만해."

엘리베이터 사건 이후로 가을은 신우와 조금 가까워졌다. 오늘 아침에는 신우가 손을 들어 가을에게 인사를 했다. 신우의 얼굴에 '반가워'라고 쓰여 있는 것만 같았다.

1교시 수업 종이 울렸고 국어 선생님이 들어왔다. 오늘 국어 시간 주제는 옛이야기다. 선생님은 '은혜 갚은 까치' 이야기를 들려주었다.

"선비는 눈앞에서 벌어지는 일을 그냥 두고 볼 수 없었어. 어린 까치들이 구렁이에게 잡아먹히게 둘 순 없잖아. 그래서 놈을 녀셔 구렁이를 죽여 버리지. 선비가 한양을 향해 가는데 밤이 되었어. 불이 밝혀진 기와집이 있기에 거기 들어가 하룻밤 잠을 잘 수 있느냐고 물어보지. 여자가 방을 내주어 선비는 저녁을 먹고 잠자리에 들었어. 그런데 갑자기 구렁이가 나타나 선비를 꽁꽁 묶어. 알고 보니 여자는 낮에 선비가 죽인 구렁이의 아내였던 거야."

국어 선생님이 "남편의 원수를 갚으려고 너를 기다렸다."라고 말하는데, 정말 원한이 가득한 구렁이 아내 같았다. 여기저기서 "소름.", "연기 작렬." 같은 말들이 들렸다.

"구렁이는 날이 밝기 전에 만약 종이 세 번 울리면 살려 주겠다는 말도 안 되는 제안을 하지. 한밤중에 종이 울릴 리가 있나. 선비는 이제 나는 죽었구나 생각했지. 그런데 댕, 댕, 댕 종이 울려. 구렁이는 약속대로 사라지고 선비는 목숨을 건져. 선비가 종이 있는 곳으로 달려가 보니 종 앞에 어미 까치가 피를 흘리며 쓰러져 있었지. 이거야 말로 결초보은이라 할 수 있지. 까치가 은혜를 갚은 거야."

국어 선생님은 옛이야기는 입에서 입으로 전해졌다며, 그 안에 사람들이 지키고 싶었던 가치가 남아 있다고 했다. 그때 연수가 손을 들고 말했다.

"구렁이도 먹고 살아야 하잖아요. 선비가 끼어들면 안 됐어요."

가을이 고개를 끄덕였다. 어렸을 때 엄마에게 이 이야기를 들었다. 생태계를 교란시키는 일을 하면 안 된다며. 까치는 제 새끼를 살렸지만 대신 죽었다. 죽음은 사라지지 않고 승계되었다. 구렁이도 죽고 어미 까치도 죽고 아무 타격도 받지 않은 건 선비뿐이다.

반 아이들은 선비가 잘했느냐 못했느냐를 두고 토론을 벌였다.

"그래도 새끼 까치들은 살았잖아요. 전 그러면 의미 있다고 봅니다."

새끼 까치에 감정이입하는 아이들도 적지 않았다. 그런데 반 아이들은 알고 있을까. 은혜 갚은 까치 이야기가 진짜로 있었던 일이라는 것을. 까치가 은혜를 갚은 건 야호들에게 감동 받아서다. 야호들은 은혜를 반드시 갚으니까. 그걸 보고 까치들이 따라한 거다. 까치들은 은혜 갚은 존재가 되겠다며 여기저기에서 활약했다.

"넌 누구 편이야? 구렁이? 까치?"

가을은 신우에게 어떻게 생각하느냐고 물었다.

"아무래도 까치지. 나도 갚아야겠다, 은혜."

신우가 읊조렸고 가을은 무슨 말인지 몰라 고개를 갸우뚱했다.

얼마 지나지 않아 가을은 신우의 말뜻을 이해하게 되었다. 여느 날과 다름없이 봄 대신 청소를 해 주고 있었다.

한참 청소 중인데 누군가 "이봄이랑 유신우랑 한 판 뜸!" 하고 소리를 질렀다. 그 말을 듣고 가을은 아이들이 우르르 몰려 나가는 곳으로 따라 나갔다. 봄과 신우가 당장이라도 서로에게 주먹을 날릴 것처럼 으르렁대며 마주 서 있었다.

"앞으로 네 청소는 네가 해. 더 이상 가을이 시키지 마."

"네가 무슨 상관인데 이래라저래라야?"

"가을이가 왜 네 청소를 대신 해야 해? 자매들 일이라서 두고 보려고 했는데 이건 말이 안 돼. 네가 일진이야, 뭐야?"

"뭐? 일진? 내가 일진이 뭔 줄도 모를 거 같아? 나, 일진 뭔 줄 알거든."

"누가 너한테 일진 모른대? 네가 하는 행동이 꼭 일진 같다는 거지."

"세상에, 내가 일진이라니, 동네 사람들이 다 웃겠다. 내가 한때 일진 소탕하러 다녔던 사람이라고. 내가 학교 방범대를 조직해서……."

"그만해."

가을이 봄을 막아 세웠다. 이러다가 과거 이야기까지 줄줄 다 해 버릴 것 같았다.

"뭘 그만해? 이 조그만 녀석이 대드는 거 못 봤어? 내가 다 화나네."

이번엔 여름까지 봄의 편을 들고 나섰다. 봄과 여름은 가을의 말을 들을 생각이 없어 보였다. 신우를 말리는 편이 차라리 더 낫겠다 싶었다.

"조그맣다고? 누가 조그마해? 너희 둘은 뭔데 윗사람처럼 구냐?"

신우가 황당해하며 말했다.

"하지 마. 신우야. 그만해."

가을이 신우를 끌고 교실 안으로 들어갔다. 지켜보던 아이들은 이게 뭐냐며 시시하다고 떠들어댔다.

담임의 종례가 끝난 뒤 봄과 여름이 먼저 집에 가 버렸다. 원래 둘은 체육대회 응원 연습을 하기로 했지만, 봄이 혈압 오른다며 얼른 집에 가서 혈압을 재야겠다고 했다.

교실 안에 가을과 신우만 남았다.

"은혜 갚는다는 게…… 나한테 갚는다는 거였어?"

가을의 물음에 신우는 대꾸하지 않았다. 한참 뒤에 신우는 "그 날…… 고마웠어."라고 말했다. 엘리베이터에서 있었던 일을 말하는 것 같았다.

"근데 너희 언니들은 골고루 못됐냐?"

신우의 말에 가을이 웃음을 터트렸다.

"왜 웃어?"

"보통 골고루는 좋을 때 쓰는 거 아냐? 골고루 먹어, 뭐 그럴 때."

"어쨌든 앞으론 다 해 주지 마. 계속 그러면 너 우습게 안다고. 그때 나도 그렇게 하면 친구가 될 줄 알고……."

신우는 무슨 말을 더 하려다가 말았다.

"하여튼 그러지 마. 싫은 건 싫다고 말해. 그건 자매 사이에서도 마찬가지야. 너 자신부터 지켜야 해. 알았지?"

신우가 눈에 힘을 잔뜩 주면서 말했다. 가을은 알았다고 고개를 끄덕였다. 신우는 봄과 여름을 단단히 오해하고 있었다. 사실 집에서 대부분의 일을 하는 건 봄과 여름이지만 가을은 씩씩대는 신우를 그냥 두었다. 제 편을 들어주는 신우를 말리고 싶지 않았다.

집에 왔더니 이번에는 할머니가 난리였다.

"고 녀석 왜 그런다니?"

할머니는 신우를 세상 예의 없고 되바라진 아이로 몰아갔다.

"걔가 뭐 할머니가 할머니인 줄 아나."

"뭐?"

가을의 혼잣말에 할머니가 버럭 화를 냈다. 귀가 잘 안 들린다면서 이럴 땐 귀신같이 잘 듣는다.

"억울해, 진짜. 가을이 네가 집에서는 아무것도 안 하잖아. 우리가 학교 처음 다녀서 좀 도와주는 걸 가지고 나쁘니 뭐니 어디서 팥쥐 취급이야? 팥쥐가 나만큼 착했어 봐라! 콩쥐팥쥐는 아무도 몰랐어."

할머니는 아까 학교에서 신우에게 하지 못한 말을 다다다다 가을 과 엄마에게 했다.

"지나가 신데렐라 언니라고 할 때는 가만있으면서 팥쥐는 왜 싫어?"

"신데렐라는 모르는 애지만 팥쥐는 우리가 아는 애잖아. 나 팥쥐 정말 싫다고."

할머니가 진저리를 치며 말했다.

"하여튼 할머니 좀 조심해. 아까 쓸데없는 이야기할 뻔했잖아."

"그건 내가 흥분해서 그랬지."

"그러니까 조심하시라고요. 그리고 오늘 저녁은 김치찜 해 줘. 고 춧가루 팍팍 넣고 맵게."

가을은 그 말을 하고 방으로 들어왔다.

"내가 네 종이냐? 맨날 늙은 할미 부려 먹는다니까."

할머니는 이걸 신우가 봐야 한다며 억울하다고 소리쳤다. 말은 그 렇게 하면서도 할머니는 냉장고 앞으로 가서 돼지고기가 있는지 확 인했다.

드디어 체육대회 날, 각종 경기가 운동장을 백 퍼센트 활용해 동 시에 진행되었다. 중앙에서는 축구가, 양쪽 사이드 운동장에서는 농구와 소프트볼 경기가 열렸다.

가을네 반은 축구 결승에 올라 가을도 신우, 봄과 함께 출전 선수로 뛰었다. 가을은 마음껏 뛸 생각에 흥분이 되었다. 본야호만큼은 아니지만 종야호들도 달리기 본능이 있다.

"너무 무리하지 말고."

가을이 봄의 귀에 대고 말했다. 봄은 자신의 진짜 모습을 잊고 체육을 할 때마다 무리하는데 집으로 돌아와 원래대로 돌아온 뒤에 꼭 후회했다.

호루라기 소리와 함께 경기가 시작되었다. 가을네 반에서 먼저 공격을 했다. 가을에게 공이 왔고 가을이 공을 몰고 갔다. 가을은 자신 앞에 서 있는 상대 팀 아이를 피해 봄에게 패스했다. 그러고는 골대 근처로 달려갔다. 봄이 가을에게 다시 공을 보냈고 가을이 찬 공이 골대에 들어갔다. 1대 0. 봄, 가을은 신이 나서 서로 하이파이브를 했다.

"머리 끈 있어?"

봄이 머리카락이 치렁거려서 불편하다고 했다. 가을은 하고 있던 노란색 리본 머리 끈을 풀어 봄에게 건넸다.

다시 경기가 시작되었다. 이번에는 상대 팀이 공을 잡았다. 공을 두고 한참 엎치락뒤치락하는데 뒤쪽에서 누군가 "아악!" 하고 비명을 질렀다. 가을도 놀라서 뒤를 돌아보았다. 신우가 주저앉았고 그 앞에 봄이 서 있었다. 선생님이 호루라기를 불어 경기를 중지시켰다.

"무슨 일이야?"

아이들이 신우에게 달려갔다.

"신우가 공에 맞았어요."

옆에 있던 아이들이 상황을 설명했다. 그때 옆에서 소프트볼 심판을 보던 선생님도 뛰어왔다.

"아이쿠, 이게 여기로 날아 왔네."

신우가 공에 맞은 부분이 아픈지 계속 신음 소리를 내었다. 선생님이 신우를 따로 데려가 체육복을 걷고 살펴보았다. 선생님의 표정이 좋지 않았다.

경기는 선수 교체를 한 뒤 다시 진행하기로 했고, 선생님이 신우를 데리고 병원에 갔다.

"어떡해."

봄이 신우 쪽을 바라보며 안절부절못했다.

"왜 그래? 어떻게 된 거야?"

가을이 봄에게 물었다. 그러자 옆에 있던 아이가 설명했다.

"공이 봄이한테 날아왔는데 신우가 뛰어들어 맞았어."

집으로 돌아온 가을은 신우 걱정에 마음이 불편했다. 할머니도 그런 듯했다.

"신우 많이 다치지 않았겠지? 그런데 걔가 나를 왜 도왔지?"

할머니는 도무지 이해가 되지 않는다고 했다.

"걔가 엄마 싫어하잖아. 미운 놈 떡 하나 준다, 뭐 그런 거 아닐까?"

엄마의 말에 할머니는 그건 아닌 거 같다고 했다.

"맞다! 이 머리 끈!"

할머니는 머리를 묶었던 노란 머리 끈을 풀어 가을에게 건네며 말했다.

"내가 가을이 넌 줄 알고 그랬나 봐. 그럼 그렇지. 그 녀석이 나를 도와줄 리가 없어."

할머니는 이제야 수수께끼가 풀렸다고 했다.

"어? 그런데 왜 신우가 가을이를 도와주려고 한 거지?"

엄마가 가을 옆에 앉으며 말했다.

"아무래도 수상한데? 요즘 너 유신우랑 부쩍 친해졌더라. 혹시 신우가 너 좋아하는 거 아니야?"

"아니야, 그런 거. 신우랑 나랑 짝이잖아."

가을이 엄마를 밀어내며 말했다.

"원래 짝은 다 그래?"

이번에는 할머니가 가을 옆에 앉으며 말했다.

"아, 몰라."

가을은 소파에서 일어나 제 방으로 들어갔다.

신우는 아까 왜 그런 걸까? 단순히 은혜를 갚으려고? 아니면 엄마 말처럼? 아, 몰라, 몰라. 자꾸 신우가 신경 쓰이고 궁금했다. 가을은 머릿속에 떠오르는 생각들을 떨치기 위해 세차게 고개를 저었다.

다음 날 신우가 학교에 오자마자 봄은 한달음에 달려가 괜찮으냐고 물었다.

"괜찮아."

"어떻다니? 좀 봐 봐."

봄이 신우의 윗옷을 벗길 것처럼 달려들자 신우가 뒷걸음질 쳤다. 여름이 주책이라며 봄의 팔을 잡아당겼다.

"정말 괜찮다니?"

"엑스레이 찍었는데 뼈에는 이상 없대. 난 괜찮으니까 신경 쓰지 마."

"에휴, 아가. 고생 많았다."

가을은 인상을 썼다. 아가라니, 중학생끼리 그런 표현은 하지 않는다고.

"나 좀 지나갈게."

신우는 봄을 피해 자리로 가서 앉았다.

쉬는 시간 신우 책상 위로 누군가 손을 쓱 내밀더니 초코 우유와 크림빵을 놓고 사라졌다. 신우가 고개를 들었다. 봄이다. 봄은 아무말도 하지 않고 자기 자리로 가 버렸다.

"너희 언니 왜 저래? 이걸 왜 나한테 줘?"

신우는 의아한 표정을 지었지만 가을은 봄이 왜 그런지 알았다. 야호는 은혜를 잊지 않는다. 야호는 은혜를 반드시 갚는다.

어제 할머니는 신우가 뭘 좋아하느냐고 물었고 가을이 초코 우유라고 말했다. 신우가 자주 초코 우유를 사서 마시는 걸 봤다.

"근데 너희 큰언니 좀 이상해. 말투가 할머니 같다고 그래야 하나?"

신우의 말에 가을은 긍정도 부정도 하지 않고 그냥 웃기만 했다.

주말에 할머니는 대청소를 하겠다며 곳곳에 물건을 꺼내어 정리하고 버리고 집 안을 쓸고 닦았다. 물론 엄마와 가을도 가만히 있을 수 없기에 함께했다. 이틀 내내 이어진 청소는 일요일 저녁이 되어서야 끝이 났다.

"아이고, 없네, 없어."

거실에서 할머니 목소리가 들렸다. 할머니는 혼잣말을 꼭 다 듣게 한다. 또 뭐가 없다는 걸까. 가을이 문을 열고 나가며 무엇을 찾느냐고 물었다.

"양갱 말이야. 지난주에 사 왔는데 벌써 다 먹었네."

"내가 찾아볼게."

가을이 싱크대 서랍장 안을 살폈다. 양갱 하나쯤 구석에서 나올지 모른다.

"진짜 없네."

가을의 말에 할머니는 꿀물이나 마셔야겠다고 했다.

"내가 사 올게."

"됐어. 괜찮아."

가을은 할머니의 괜찮다는 말이 진짜 괜찮다가 아니란 걸 안다.

"금방 편의점 갔다 올게."

"괜찮다니까."

"아냐. 나도 주스 마시고 싶어서 그래. 엄마도 뭐 사다 줄까?"

"응. 그럼 난 육포."

가을은 집 근처 편의점에 들어갔다. 하지만 양갱이 없었다.

할머니는 양갱을 좋아해서 종종 학교에도 간식으로 가져간다. 예전에는 단팥이 들어간 게 최고의 간식이었는데, 학교 매점에서도 양갱을 팔지 않는다.

가을은 편의점 몇 군데를 들렀지만 양갱이 없어서 결국 옆 동네 편의점에서 샀다. 이왕 사는 거 스무 개쯤 샀다. 양갱 하나를 꺼내 먹으며 걸었다.

오르막길을 오르는데 뒤에서 무언가가 휙 하고 지나가는 게 느껴졌다. 요즘 자주 이런다.

뭐지?

돌아보니 검은 고양이가 가을을 보고 있다.

"또 너야? 우리 요새 자주 마주치는 거 알지?"

가을은 주저앉아 고양이에게 두 손을 내밀었다.

"너도 내가 반갑지? 이리 와."

고양이가 스스럼없이 다가왔다. 가을이 쓰다듬어 주자 고양이도 기분 좋은지 갸르릉 소리를 냈다. 그런데 무슨 변덕인지 고양이가 가을의 손을 할퀴고 그대로 도망쳤다. 손등에 살짝 피가 났다. 입바람으로 손등을 후후 불며 다시 걷는데, 또 뒤에서 누군가 따라오는 게 느껴졌다. 가을은 온 신경을 뒤에 집중한 채 천천히 걸었다.

휘리릭. 가을은 몸을 돌려 공격 자세를 취했다.

"어?"

휴다!

가을은 달려가 휴를 안았다.

휴

유난히 호랑족과의 다툼이 심한 중국에서 수호단 활동을 하던 휴가 3년 만에 돌아왔다. 할머니와 엄마도 휴를 보고 무척 좋아했다.

"귀한 손님이 오셨네. 어쩐지 며칠 전부터 청소를 하고 싶더라고."

할머니는 대청소를 해서 피곤하다고 해 놓고 휴를 보자마자 저녁을 먹으러 나가자고 했다. 할머니가 데리고 간 곳은 궁중 음식 전문점이다. 할머니는 누군가 대접하고 싶으면 꼭 이런 식당에 온다.

주문한 음식이 나오기를 기다리고 있는데 사장님이 엄마를 보며 갸웃거리더니 결국 가을네 자리로 왔다.

"어머, 김설희 씨 닮았다. 너무 똑같아."

엄마는 그냥 미소만 지었다.

"참, 젊은 사람이라 김설희 씨 모르죠? 우리 때 엄청 유명한 영화배우였잖아. 내가 좋아했거든. 나도 김설희 닮았다는 이야기 들었는데 그쪽 보니 아니네. 손님이야말로 너무 닮았네. 김설희 씨 딸이에 요? 아냐, 아들 하나 있다고 했던 것 같은데. 잠깐 있어 봐요."

사장님은 급하게 주방으로 가더니 접시 하나를 가져왔다.

"이거 서비스예요. 맛있게 드세요."

육회다. 할머니는 "아휴, 이 맛있는 걸!" 하며 젓가락으로 육회를 집어 먹었다.

"아직 김설희를 기억하는 사람이 있네."

엄마는 피식 웃으며 육회를 먹었다. 육십 년도 더 된 이야기다. 한 때 엄마는 영화배우 김설희로 산 적이 있다. 다섯 편의 영화에 출연 했고 결혼 뒤 홀연 미국으로 떠나 버린 것으로 알려졌다. 그때 엄마 가 미국으로 간 건 영화배우를 그만두기 위해서였다. 영화배우가 된 건 어쩔 수 없는 선택이었으니까. 시간이 흘러 한국으로 돌아온 뒤 사람들은 엄마를 보며 김설희를 닮았다고 했다. 하지만 김설희와 나 이가 예순 살 이상 차이가 나니 '닮았네'에서 그쳤다.

"참, 영빈이는 잘 지내나?"

휴가 엄마에게 물었다.

"바쁜가 봐. 요즘 통 연락이 없네."

엄마가 애써 웃으며 대답했다. 엄마는 영빈에게 먼저 연락하지 못 했다. 늘 연락이 오기만을 기다렸다.

주문한 음식이 차례대로 나오기 시작했고 할머니는 휴에게 많이 먹으라고 권했다.

"집 떠나면 고생이지."

할머니의 말에 가을이 휴의 집은 여기가 아니라 시베리아가 아니냐고 했고, 휴도 "그런가?"라며 웃었다. 휴는 야생 본능이 강해서 자연에서 지내는 걸 좋아했다. 시베리아 산속에 집을 짓고 절반은 여우로 절반은 사람으로 지낼 때가 많았다.

"그새 더 건강해졌네. 잘 지냈나 봐."

엄마는 고기를 먹는 휴를 바라보며 말했다.

"누이도 더 예뻐졌어. 어쩌면 점점 더 젊어져? 비결이 뭐야?"

"또, 또 그런다."

엄마는 휴의 말이 기분 좋은지 웃었다. 휴는 엄마를 누이라고 부른다. 서열로 따지자면 엄마가 한참 아래지만 휴는 할머니는 할매로, 엄마는 누이로 불렀다. 누나보다는 아줌마가 더 어울릴 테지만 넉살 좋은 휴는 누이를 택했다.

"그럼 령 님이랑 같이 지내는 거야?"

"이제 그래야겠지. 누나 잔소리 어마어마한데. 아, 큰일이다, 정말."

휴는 한국에 오자마자 가을을 만나러 왔다며 아직 령을 만나지 못했다고 했다.

"나 그냥 할매랑 누이랑 지내면 안 될까? 나 청소 잘하잖아. 응?"

"우리야 좋지."

할머니는 빈방이 있다며 오라고 했다.

"아냐. 우리 누나가 절대 안 된다고 할 거야. 대신 내가 자주 놀러

갈게."

할머니와 엄마가 다 먹은 뒤에도 가을과 휴는 젓가락을 쉬지 않고 계속 움직였다. 할머니는 그런 둘의 소화력이 부럽다고 자주 말했다. 할머니는 오십 대의 신체를 가지고 있는 만큼 소화를 잘 못 시켰다. 반면에 가을과 휴는 소화를 잘하는 신체 나이를 가지고 있어서 아무리 과식을 해도 체하지 않는다. 가을도 그거 하나는 참 좋았다.

"다들 잘 지내고 있더라고."

휴는 이곳으로 오기 전에 시베리아뿐 아니라 세계 곳곳을 돌아다니며 다른 야호들을 만나고 왔다며 소식을 전해 주었다.

"수수가 그렇게 성공했다며?"

수수 이야기에 가을은 저절로 인상이 찌푸려졌다. 가을은 속으로 '수수 재수, 수수 재수'라고 말했다. 라임도 아주 딱 맞다.

"모리셔스에 리조트를 3호점까지 냈다니까. 수수가 사업 수완이 또 좋잖아. 얼마나 귀빈 대접을 해 주든지."

"에휴, 내가 수수 반만 닮았어도 좋았을 텐데."

할머니가 탄식하듯 말했다. 성공한 사업가인 수수와 달리 할머니는 손대는 사업마다 내리막길을 걸었다. 엄마가 배우와 작가로 활동하지 않았다면 가을네 집은 정말로 어려웠을 거다.

"수수가 놀러 오래. 할매, 우리 여름에 같이 갈까?"

"좋지. 가서 푹 쉬다 오면 좋겠다."

할머니와 엄마는 야호들 소식에 관심을 보였지만 가을은 듣는 둥마는 둥 했다. 하긴 수수도 가을을 별로 보고 싶어하지도 궁금해하지도 않을 거다. 수수는 가을이 반쪽 야호라고 싫어했다. 가을은 인간들 사이에서도 야호들 사이에서도 외로웠다. 가을도 완전한 야호였다면 얼마나 좋았을까 싶다. 이 말을 하면 령은 그런 소리 하지 말라고 하지만 사실이 그런 걸 어쩌랴.

식사를 마친 뒤 할머니와 엄마는 즐겨 보는 드라마 마지막 회를 봐야 한다며 먼저 집으로 갔다. 가을과 휴는 식당에서 나와 천천히 걸었다.

"이제 여기서 뭐 할 거야?"

"나도 학교나 가 볼까 싶어."

휴는 가을과 달리 성인에 가까운 신체를 가지고 있어서 매번 학교를 다니지는 않는다. 오히려 성인으로 지낼 때가 많다. 정말 심심할 때만 학생의 신분으로 지냈다.

"가을아, 아프거나 그런 건 없지?"

"내가 그럴 게 뭐가 있겠어."

"혹시 불편하거나 그런 거 있으면 할매나 령 누나한테 꼭 말해. 나한테 말해도 되고. 알았지?"

"알았어."

가을은 자신의 건강 걱정을 하는 휴가 이상했다. 감기 한 번 안 걸리는 게 야호들이다.

"참, 이거."

휴가 주머니에서 무언가를 꺼냈다. 펜던트다. 가운데 달린 보석은 초록 바탕에 흰색과 검은색 줄무늬가 간간이 있는 불투명한 형태다.

"이게 뭐야?"

"세라피나이트. 시베리아 원석이야."

가을이 펜던트를 목에 걸었다. 휴는 어딜 가든 돌아올 때면 꼭 가을의 선물은 잊지 않고 챙겨 온다.

"예쁘다."

"다음에 같이 가자."

"응."

"말로만 응, 이라고 하지 말고. 진짜 같이 가. 설산이 얼마나 멋진지 몰라."

"난 추운 거 싫어."

가을은 그동안 많은 나라를 갔지만 시베리아는 가지 않았다. 가을뿐만 아니라 할머니랑 엄마도 추운 건 별로 좋아하지 않는다. 야호가 되기 전에 동상에 걸려 고생한 기억이 아직도 생생하다. 그때는 불도 마음껏 땔 수 없어서 겨울에는 늘 추웠다. 한겨울에도 우물가에 가서 물을 떠 오고 빨래를 하러 개울가에 가야 했다. 빨래를 하면 손이 꽁꽁 얼었다. 짚신을 신고 눈길을 걸으면 발이 시렸다. 동상 걸린 손발은 곪아 터지면 진물이 흘러 보기 흉하다. 아프기는 또 얼마나 아픈지 모른다.

"벽난로도 있어. 내가 따뜻하게 코코아 타 줄게."

"알았어. 진짜 가자."

휴와 함께라면 추운 것쯤은 참을 수 있을지도 모른다.

"근데 아까 얘기한 게 뭐야?"

"응? 뭐가?"

"누가 따라오는 것 같았다며?"

"아, 난 넌 줄 몰랐지."

"오늘 처음 그랬어?"

"아니. 요즘 몇 번 그랬어. 근데 돌아보면 길고양이더라고."

가을은 새로 학교에 다니면서 예민해져 그런 것 같다고 했지만 휴는 무언가 생각하는 듯했다.

"가자. 내가 집에 데려다줄게."

"됐어."

가을이 괜찮다고 했지만 휴가 고집을 부렸다.

"앞으론 밤에 돌아다니지 마."

"왜? 내가 무서울 게 뭐가 있다고. 나도 야호라고. 나 건드리면 상대는 뼈도 못 추려."

"알지. 그래도 조심해."

집으로 돌아온 가을은 침대에 누웠다. 펜던트를 들어 올려다보았다. 반짝 빛나는 게 아주 예쁘다.

휴가 돌아와서 좋다. 정말 좋다. 야호로 살면서 마음을 털어놓을 수 있는 이는 같은 야호밖에 없다. 하지만 가을은 야호들에게 환영받는 존재가 아니다.

춘희로, 선화로, 지현으로, 혜교로, 진주로⋯⋯ 가을은 여러 이름으로 여러 인생을 살았다. 각각의 이름으로 살면서 친구가 없었던 건 아니다. 좋아하고 아꼈던 이들이 있었다. 하지만 오래가지 않았다. 오래갈 수 없었다.

야호로 살면서 인간에게 마음 주지 말아야 한다는 것을 알지만 그게 쉽지가 않다. 그들과 헤어질 때면, 나라는 존재를 지워야 할 때면, 몹시 아팠다. 그래서 언젠가부터 가을은 친구를 사귀지 않았다. 가을에게 남은 친구는 휴밖에 없다. 앞으로도 그렇겠지.

가을은 휴가 준 펜던트를 매만지다 잠이 들었다.

선화와 두심

2학년 2반에 새로운 전학생이 왔다는 소식이 들렸다. 세미가 교무실에 일이 있어 갔다가 봤는데 엄청 잘생겼다고 호들갑을 떨었고 아이들은 조회 시간을 기다렸다.

드르륵 앞문이 열렸고 담임이 누군가와 함께 들어왔다.

"교생 아니야?"

"교생이 왜 교복을 입고 있냐?"

아이들이 수군댔다. 같은 중학생이라고 하기엔 전학생이 너무 성숙해 보였다. 가을의 눈이 동그래졌다. 네가 왜?

"새로운 전학생이 왔다. 자, 인사해라."

전학생이 미소를 지으며 자기소개를 했다.

"반가워. 나는 서휴야. 러시아에서 살다가 왔어. 앞으로 잘 부탁해."

휴의 인사에 몇몇 아이가 멋지다고 환호성을 지르며 박수를 쳤다.

"참, 삼계절 자매랑 친척이라고?"

담임의 말에 휴가 그렇다고 대답했다. 삼계절 자매는 봄, 여름, 가을을 말한다. 반 아이들뿐 아니라 담임도 셋을 그리 불렀다.

"봄, 여름, 가을! 먼저 전학 온 너희가 잘 알려 줘라."

휴는 봄과 여름의 뒷자리가 비어 거기 앉았다. 휴와 가을의 눈이 마주쳤다. 가을이 입모양으로 "어떻게 된 거야?"라고 물었고 휴는 웃으며 윙크만 했다.

조회가 끝난 뒤 담임이 나갔다. 가을이 휴에게 가려고 했지만 휴 주변을 아이들이 둘러쌌다.

"네 친척, 진짜 우리랑 동갑 맞아?"

신우가 물었다. 신우도 가을과 같은 곳을 보고 있었다.

"그럼."

가을은 말은 그렇게 하면서 속으로 '동갑일 리가 없잖아'라고 말했다. 휴는 가을보다도 몇 천 년은 더 살았다. 게다가 저 외모에 중2는 많이 무리다. 단순히 키가 큰 게 문제가 아니다. 키가 큰 아이들이 있다. 그래도 행동이나 몸짓은 중2 같다. 하지만 휴는 중2라고 하기엔 몸도 행동도 맞지 않다. 휴는 학교를 다니더라도 고등학교에 다녔다. 그래도 휴는 할머니나 엄마처럼 둔갑술을 부린 게 아니니 들킬 리는 없다. 그런데 휴는 왜 여기에 온 걸까?

가을은 할머니랑 엄마와 다르게 학교생활을 앞둔 휴가 별로 걱정되지 않았다. 휴는 어딜 가든 사람들을 끌어 모은다. 휴는 태양이다.

모든 게 휴를 중심으로 돌아간다.

휴가 화장실을 간다며 자리에서 일어났고 가을도 얼른 휴를 따라 나갔다. 가을은 아무도 없는 복도 끝으로 휴를 데리고 갔다.

"여긴 왜 온 거야?"

"중학교 한번 다녀 보려고. 고등학교는 이제 지겨워. 공부를 시켜도 너무 시키잖아."

"왜 우리 학교로 왔어? 그것도 하필 우리 반으로?"

"할매랑 누나 좀 도와주려고. 너 수발드느라 힘들다며? 내가 할게. 그리고 매일 너랑 같이 있으면 좋잖아."

"이름은?"

"휴라는 이름을 백 년 동안 쓴 적이 없어서 만사통에서 써도 된다고 하대."

휴가 빙긋 미소를 지으며 말했다. 령 남매의 저 미소는 누구든 같이 웃을 수밖에 없게 만든다.

"몰라, 너 때문에 더 힘들어질 거 같아."

가을이 고개를 절레절레 저으며 말했다. 가을이 휴와 같이 교실로 들어오자마자 아이들이 가을을 밀치고 휴의 주변을 둘러쌌다. 가을은 자연스레 무리에서 떨어져 제자리로 돌아왔다.

신우는 초코 우유를 마시고 있었다. 가을이 "또?" 하고 묻자 신우가 고개를 끄덕였다. 지난번 공 사건 이후 봄은 여전히 매일 아침 초코 우유를 신우에게 가져다준다. 이제 봄과 여름은 가을에게 청소나

과제를 시키지 않는다.

"근데 나 이거 계속 받아먹어도 되는 거야? 혹시 집에서 봄이랑 여름이 너 괴롭히고 그러는 거 아니지?"

"응. 안 그래. 걱정 마."

가을이 웃으며 대답했다.

휴의 전학으로 가을이 우려하던 일은 생기지 않았다. 휴와 같은 반이지만 막상 휴와 만나는 시간은 많지 않았다. 쉬는 시간과 점심시간마다 휴의 주변으로 반 아이들이 모이기 때문이다. 휴는 모르는 게 없었고 여기저기 참견하는 것도 좋아했다. 이런저런 인맥으로 반 아이들에게 인기 콘서트 표나 최신 게임팩을 구해다 주기도 했다.

가을은 점심을 먹고 교실로 돌아왔다. 아직 5교시 시작까지 20분이나 남았다. 지난주에 빌린 책을 도서관에 반납해야겠다 싶어 가방에서 책을 꺼냈다. 가을은 책 중에서 특히 소설을 좋아한다. 소설 속 세계는 가을을 어디로든 데려다준다. 요즘은 SF소설을 많이 읽는다. 오백 년 넘게 산 가을은 여러 나라를 가 보았고 여러 삶을 살았다. 하지만 아직 우주는 가 보지 못했다. 우주를 배경으로 하는 글을 읽고 있으면 언젠가 우주에도 갈 날이 올 것 같아 가슴이 두근거렸다.

가을은 도서관에 책을 반납한 뒤 신간 코너에서 새 책을 한 권 골라 다시 빌렸다.

교실로 걸어가는데 복도에서 두심과 마주쳤다. 가을은 아무렇지 않은 척 고개를 꾸벅 숙여 "안녕하세요."라고 인사를 했다.

"저기. 잠깐 교장실로 올래?"

"네? 네."

가을은 두심을 따라 교장실로 들어갔다. 두심은 냉장고에서 오렌지주스를 꺼내 가을에게 건넸다.

"마시렴."

"감사합니다."

가을이 음료수를 한 모금 마셨다.

"전학생이라며?"

"네."

"외국에서 살다 왔다던데 학교생활 힘든 건 없고?"

"네. 다들 잘해 줘요."

두심은 가을에 대해 미리 찾아본 듯했다.

"예전에 나 마주친 적 있지? 학교 앞에서?"

"모르겠는데요."

가을은 기억하지 못하는 척했다.

"내가 중학생 때 무척 친했던 친구가 있었거든. 김선화라고. 그 애랑 너무 닮아서. 참 신기하다. 정말 많이 닮았어. 혹시 친척 어른 중에 김선화라고 없어?"

"네. 처음 들어 보는 이름이에요."

"그렇구나."

두심은 가을 얼굴을 뚫어져라 바라보았다. 가을은 두심의 시선이 부담돼 시선을 떨구고 오렌지주스를 아주 천천히 마셨다.

"너희 반에 말이야……."

5교시 예비 종이 울렸다. 두심은 무슨 말인가 하려다 그만두었다. 가을은 가 보겠다고 인사한 뒤 교장실에서 나왔다.

교실을 향해 한 걸음 한 걸음 걷는데 다리에 힘이 풀렸다.

'두심아, 내가 어떻게 너를 잊겠니. 왜 그렇게 많이 늙었어. 벌써 할머니가 되었구나. 우리가 처음 만난 지도 벌써 사십오 년이 넘었네.'

그때 가을네는 집안 사정이 별로 좋지 않았다. 미국에서 온 직후 할머니는 화장품을 수입해서 파는 보따리상을 하려고 했다. 하지만 사기를 당해 크게 돈을 잃었다. 엄마가 영화배우 일을 하며 벌었던 돈은 미국에서 다 쓴 뒤였다. 결국 언덕 꼭대기 맨 윗집에 살았다. 학교에서 집까지 걸어가려면 쉬지 않고 가도 삼십 분이 넘게 걸렸다. 헉헉거리며 집에 도착하면 땀으로 옷이 다 젖었다.

가을은 선화였고, 그때 짝이 두심이었다. 도시락도 제대로 못 싸 오는 선화에게 두심은 도시락을 나눠 먹자고 했다. 두심은 공부를 잘하는 언니와 달리 공부를 못했다. 좋은 고등학교에 가긴 글렀다며 두심은 죽고 싶다고 했다.

선화는 두심에게 영어와 수학을 가르쳤다. 두심은 한두 번 설명하면 알 것을 다섯 번쯤 설명해야 간신히 알아들었다. 그런 두심이 교장 선생님이 되었다니. 참 인생은 살고 볼 일이다.

선화는 자주 두심네 집에 놀러갔다. 두심의 엄마는 그럴 때면 꼭 선화에게 먹을 것을 챙겨 주었다. 쌀도 주고 밀가루도 주고 감자도 주었다. 선화가 괜찮다고 하면 두심네 엄마는 두심의 과외비로 생각하라며 챙겨 주었다.

할머니와 엄마는 선화가 두심네 다녀오는 걸 좋아했다. 둘은 먹을 것을 얻어 오는 것을 부끄러운 일이라고 생각하지 않았다. 자존심이 허기를 채워 주지 않으니까.

하지만 선화 생각은 달랐다. 자존심을 잃으면 다 잃는다고 여겼다. 그런 선화가 두심 앞에서는 자존심을 세우지 않았다. 두심은 친구였으니까. 두심은 좋아하는 교회 오빠에 대해, 공부 잘한다고 잘난 척하는 언니들에 대해 종알종알 이야기했다. 선화는 그런 두심의 이야기를 듣는 게 좋았다. 두심과 있으면 진짜 열다섯 살이 된 것 같았다. 중학교를 졸업하면서 선화는 이사를 갔고 두심과 연락을 끊었다. 어쩔 수 없었다.

그 시절, 가을은 두심 때문에 살았다. 야호로 살면 한 번씩 삶에 대한 회의가 오고 극심한 우울증을 앓기도 한다. 가을도 그때 반복되는 생이 죽을 만큼 지겨웠다. 언제까지 이렇게 살아야 하는 걸까 싶었을 때 바로 두심을 만났다.

십 년 전에 두심을 다시 만난 적이 있다. 식당에 갔는데 대기 손님 이름이 박두심이었다. 이름이 특이해서 혹시나 했는데 오른쪽 이마의 점이 그대로 있었다. 그 이후로 같은 동네에 살아 두심을 몇 번 더 보았다. 가을은 두심이 자신을 알아보기라도 할까 봐 일부러 피했다. 그리고 얼마 지나지 않아 가을은 자신만의 방법으로 두심에게 은혜를 갚았다.

너와 함께

오늘은 2학년 전체가 동물원으로 체험 학습을 간다. 맨날 교실에만 있다가 밖으로 나오니 모두들 신나 보였다.

봄과 여름은 체험 학습이 처음이다. 교복이 아닌 사복을 입을 수 있는 날이기에 어젯밤 내내 둘은 무슨 옷을 입을지 한참 고민했다. 그러고는 가을에게 왜 그렇게 옷이 없느냐고 타박했다. 둘은 가을의 옷을 나눠 입기 때문이다. 그 전에는 가을이 옷 좀 사 달라고 하면 옷장에 옷이 천지인데 무슨 옷을 또 사냐고 타박했다. 그래 놓고 손바닥 뒤집듯 태도를 바꿨다.

가을은 휴와 함께 동물원을 돌아다녔다. 코끼리 우리 앞에 신우가 혼자 서 있는 게 보였다.

"오오, 친구. 왜 혼자 다녀?"

휴가 신우 어깨에 어깨동무를 했다.

"더워."

신우는 휴의 팔을 밀어내며 말했다. 휴가 반에서 유일하게 친해지지 못한 사람이 신우다. 신우는 귀찮다는 듯이 휴를 피해 다른 곳으로 걸어갔다.

"쟤는 참 어렵단 말이지."

휴가 고개를 절레절레 저으며 말했다. 휴는 늘 인기 많은 인생만 살아서 누가 자기를 좋아하지 않는 걸 견디지 못한다.

"근데 유신우도 실은 나를 좋아해."

휴가 자신만만한 목소리로 말했다.

"너를? 무슨 근거로?"

"어제 급식 먹고 나올 때 만났거든. 내가 다가가니까 나보고 복숭아 같은 사람이래. 내가 상큼하고 달달하다는 뜻이지. 세상에서 나를 좋아하지 않는 사람은 있을 수 없어."

휴는 그렇게 말하더니 같이 가자며 신우를 쫓아갔다.

가을이 동물원을 반 정도 둘러보았을 때 점심시간이 되었다. 가을은 같이 점심을 먹기 위해 봄과 여름을 찾았다. 휴가 신우를 끌다시피 데리고 왔다.

빈 의자를 찾아 삼계절 자매와 휴, 신우가 앉았다. 가을이 가방에서 도시락을 꺼냈다. 도시락 통 안에는 김밥과 포도, 복숭아가 담겼다. 오늘 새벽에 할머니가 싼 소불고기 김밥이다.

"역시 할매 최고!"

휴가 김밥 하나를 집어 먹으며 말했고 삼계절 자매는 깜짝 놀라 휴를 봤다. 휴도 아차 싶었는지 컥컥거리며 기침을 했다. 다행히 신우는 별로 이상하게 여기지 않는 눈치다.

신우가 가방에서 샌드위치와 주스를 꺼냈다. 제과점 제품이다. 신우는 김밥을 싸 오지 못했나 보다.

"신우야, 이거 같이 먹자."

가을이 신우 앞에 도시락을 밀었지만 신우가 괜찮다고 했다.

"아, 나 샌드위치 먹고 싶은데. 아침에도 김밥 먹고 왔더니 김밥 먹기 싫다. 신우야, 나랑 바꿔 먹으면 안 돼?"

봄이 신우를 졸랐고 신우는 알았다며 샌드위치를 건넸다. 신우는 김밥을 하나 먹더니 맛있다고 했다.

"내가 요리 하나는 또 잘하지."

여름과 가을, 휴가 봄을 노려봤다.

"그치. 너도 잘하지. 네가 할머니 요리 솜씨를 그대로 이어받았잖아."

여름이 자연스럽게 상황을 무마시켰다.

김밥을 다 먹고 난 다음, 포도와 복숭아를 먹었다. 복숭아를 좋아하는 휴는 포도는 먹지 않고 복숭아만 쏙쏙 골라 먹었다.

식사가 끝나자 휴는 배부르고 졸리다며 가을의 어깨에 머리를 기댔다. 가을이 머리를 치우라고 했지만 휴는 싫다며 계속 가을 옆에 바짝 붙어 앉았다.

"옆으로 좀 가. 반 애들이 보면 어떡해?"

"여기 누가 있다고? 그리고 너랑 나랑 친척인데 뭘."

휴는 아랑곳하지 않았다. 가을은 신우를 바라봤다. 신우는 무심한 눈으로 다른 데를 보고 있었다. 가을은 휴와 가까이 있을 때면 왠지 신우가 신경 쓰였다.

"아휴, 나오니까 좋다."

봄이 살랑거리는 바람을 맞으며 말했다.

"근데 체험 학습으로 뭐 이런 델 오냐?"

휴가 주변을 둘러보며 갑자기 화를 냈다.

"인간들 진짜 잔인해. 누가 자기를 이렇게 창살 속에 가둬 놓고 어디도 못 가게 하고 막 구경한다고 생각해 봐. 입장 바꿔 생각하면 동물원 못 오지. 아니, 안 만들지. 이런 게 교육적으로 왜 필요한 거야? 세상 동물원 싹 다 없애 버려야 해!"

휴는 동물원을 몹시 못마땅하게 여겼다. 하긴 휴는 본야호라서 동물들과 더 가깝다. 휴는 마치 자신이 갇혀 있기라도 한 것마냥 기분 나빠하더니 급기야 남은 휴식 시간 동안 더는 동물원 관람을 할 수 없다며 먼저 입구에 가 있겠다고 했다.

"저기 궁금한 게 있는데……."

가을의 옆을 걷던 신우가 물었다.

"응?"

신우는 잠시 주저하는 듯싶더니 입을 열었다.

"휴랑 먼 친척이면 얼마나 먼 거야?"

"엄청 멀지는 않지만 또 엄청 가깝진 않아."

가을은 대략 팔촌쯤 된다고 했다.

"다행이다."

신우가 혼자 중얼거렸다.

"뭐가?"

"아냐, 아무것도. 어? 저기 플라밍고다."

신우가 앞쪽을 가리키며 말했다. 날개를 활짝 편 분홍색 플라밍고가 모여 있었다. 둘은 플라밍고를 보러 갔다. 하지만 가을의 마음은 다른 데 가 있었다. 신우가 다행이라고 말한 건 무슨 의미였을까?

"신우야."

"응?"

신우가 고개를 돌려 미소 지으며 가을을 바라봤다. 순간 신우의 큰 눈 안으로 빨려 들어가는 기분이었다. 뭐지? 왜 심장이 두근거리는 거지? 가을은 아무 생각도 들지 않았다.

"가을아, 왜?"

신우가 물었으나 가을은 왜 신우를 불렀는지 잊어버렸다.

"복숭아."

갑자기 떠오른 건 복숭아였다.

"아까 휴가 복숭아 다 먹어서 하나도 못 먹었지?"

"아, 괜찮아. 나 복숭아 알레르기 있거든. 어차피 복숭아 못 먹어."

"뭐? 진짜야?"

가을은 놀라서 되묻다가 이내 웃음을 터트렸다. 휴에게 말한 복숭아가 그런 뜻이었다니. 신우와 같이 있다 보면 이렇게 웃을 일이 생긴다.

"왜 그래?"

신우가 물었지만 가을은 대답 대신 계속 웃기만 했다.

"이제 방학이네."

신우가 걸으며 말했고 가을은 "응."이라고 짧게 대답했다. 가을은 방학이 마냥 기다려지진 않았다. 요즘 오랜만에 학교가 즐거웠다. 엄마와 할머니는 자기들 덕분이라고 하지만 그건 아니다. 신우와 이야기하는 게 즐겁고 신우와 함께 있으면 재밌다. 지루한 수업 시간도, 아이들 사이에 뾰족한 관계도, 선생님의 잔소리도 다 견딜 수 있다. 지금만큼은 시간이 천천히 흘렀으면 좋겠다.

생일

봄과 여름, 가을은 교실로 뛰어 들어갔다. 다행히 지각은 면했다. 하마터면 방학식 날 지각할 뻔했다. 어제 셋이 밤늦게까지 영화를 보다가 늦잠을 잤다.

가을이 자리에 앉는데 신우가 가을에게 포장된 상자를 내밀었다.

"이게 뭐야?"

"오늘 네 생일이잖아."

"오늘? 아, 그렇지."

가을은 완전히 잊고 있었다. 오늘이 '가을'의 생일인 것을. 주민등록을 만들어야 해서 아무 날짜나 정한 건데 그게 오늘이었나 보다. 교실 뒤편 알림판에 매달 생일인 사람을 적어 두긴 한다. 가을은 제 이름이 적힌 것을 보면서도 자신의 생일이라고 생각하지 않았다.

"짝인데 알면서 모르는 척하기도 그렇고. 별거 아니야. 진짜 별거 아니니까 집에 가서 심심할 때 뜯어 봐."

신우는 굳이 선물이 별거 아니라고 강조하면서 평소보다 길게 말했고 가을은 웃음이 나오는 걸 간신히 참았다. 선물이 무얼까 몹시 궁금했지만 신우가 말한 것처럼 하는 게 좋을 것 같아 가방 안에 넣었다.

봄과 여름이 주변에도 반 아이들이 몰려와 있었다. 친구들이 생일 축하한다며 선물을 주었고 둘은 무척 행복해 보였다.

가을은 가만히 봄과 여름을, 아니 할머니와 엄마를 바라봤다. 살면서 세 모녀가 생일을 챙겨 본 적이 언제였던가. 셋 다 태어난 날짜를 정확히 모른다. 할머니는 새순이 돋을 때 즈음 태어났고, 엄마는 날이 더워질 때 즈음, 가을은 단풍이 노랗게 물들 때 태어났다. 셋은 여러 번 삶을 바꿔 살면서 원래의 생일은 잊었다. 긴긴 삶을 사는 야호에게 언제 태어났는지는 전혀 중요하지 않으니까.

"너는 여름에 태어났는데 이름이 가을이네?"

신우가 손으로 턱을 괴고 말했다. 늘 창밖을 바라보던 신우의 눈이 언젠가부터 가을을 바라보고 있다.

"응. 근데 나는 계절 중에 가을을 제일 좋아해."

"왜?"

"추수하니까 먹을 것도 많고 여유롭잖아."

"그건 옛날이나 그런 거 아니야?"

신우는 가을이 재미있으려고 그런 말을 한다고 여기는 듯했다. 하지만 가을은 진심이다. 신우 말마따나 요즘은 일 년 내내 먹을거리가 풍족하지만 이렇게 된 지는 얼마 되지 않았다.

"그럼 겨울은 싫어?"

"응. 먹을 것도 없고 춥잖아."

가을은 춥고 추웠던 겨울을 떠올리면 지금도 몸서리가 났다.

"신우야, 너는 생일이 언제야?"

"가을. 나는 진짜 가을이 생일이야. 10월 30일."

신우는 제 생일 날짜를 말했고 가을은 몇 번이나 마음속으로 되뇌었다. 신우의 생일을 잊지 않고 꼭 챙겨 주고 싶었다.

방학식이 끝난 뒤 봄과 여름은 친구들과 생일파티를 하러 간다고 했다. 함께 나서던 휴가 가을에게도 같이 가자고 했지만 가을은 괜찮다고 했다.

교실에는 가을과 신우 둘만 남았다. 내일부터 방학이라 당분간 신우를 만나지 못할 거다. 가을은 가방을 챙기는 신우에게 물었다.

"저기, 오늘 바빠?"

"아니. 왜?"

"원래 선물 받은 사람이 쏘는 거잖아. 내일부터 방학이라 오늘밖에 시간이 없으니까. 나는 막 빚지고 그러는 거 안 좋아하거든. 방학 동안 만나지도 못할 텐데 계속 빚진 기분일 것 같아. 우리 할머니 때문에 우리 집 가훈이 빚지고 살지 말자야. 뭐 선물이 빚은 아니지만."

가을은 속으로 망했다 싶었다. 이렇게 무슨 말인지도 모르게 주저리주저리 늘어놓다니. 그냥 같이 밥 먹으러 가자고 간단하게 말하면 될 것을. 가을은 지금 이 상황이 몹시 부끄러웠고 얼른 이곳을 벗어나고 싶었다.

"오늘 안 되면 말고."

가을이 가방을 들고 일어났다.

"아냐, 오늘 괜찮아."

신우가 가을을 따라 자리에서 일어섰다.

둘은 학교 근처가 아니라 한참을 걸어 새로 생긴 피자 가게로 갔다. 지나가 맛있다며 알려 준 곳이다.

"무슨 피자 먹을래?"

가을은 신우에게 메뉴판을 건넸다.

"넌 무슨 피자 좋아하는데?"

"난 불고기."

"그럼 그거 먹자."

불고기 피자와 사이다 두 잔을 주문했다. 날마다 신우 옆자리에 앉다가 먼저 나온 사이다를 사이에 두고 마주 보고 있으니 가을은 조금 어색해 빨대로 사이다만 계속 마셨다.

"방학엔 뭐 해?"

신우가 물었다. 가을은 아마도 집에 있을 것 같다고 대답했다.

"너는 어디 가?"

"아니. 나도 집에 있을 것 같아."

잠시 뒤 피자가 나왔다. 피자를 먹고 있는데 신우가 손으로 제 턱을 가리켰다.

"여기 소스 묻었어."

가을은 포크를 내려놓고 얼른 휴지로 턱을 닦았다. 신우가 고개를 저으며 말했다.

"거기 아닌데."

가을이 다른 곳을 닦은 모양이다. 신우가 몸을 일으켜 휴지로 가을의 턱에 묻은 소스를 닦아 주었다. 그러다 신우의 손이 얼굴에 닿았다. 가을은 그 바람에 놀라 딸꾹질이 났다. 가을은 딸꾹질을 멈추기 위해 얼른 사이다를 마셨는데 잘못 삼켜 캑캑거리며 기침까지 해 버렸다.

"괜찮아?"

"응."

가을은 빨개진 얼굴로 후유, 하고 숨을 길게 내쉬었다. 왜 이렇게 심장이 빨리 뛰는지 모르겠다.

피자를 다 먹었는데도 아직 시간이 두 시도 채 되지 않았다. 가을은 이대로 집에 가고 싶지 않았는데 마침 신우가 노래방에 가자고 했다. 노래방이라, 마지막으로 노래방에 간 게 십 년 전인가 그랬다.

"그래. 가자."

가을은 신우의 노래를 들을 생각으로 좋다고 했다.

신우가 먼저 노래를 불렀다. 노래할 때 신우 목소리는 평소보다 더 저음이었다. 눈을 감으면 꼭 귀에 대고 속삭이는 것처럼 가깝게 느껴졌다.

"가을아, 너도 불러."

"아, 나 요즘 노래 아는 거 별로 없는데."

"그냥 아는 노래 불러."

이럴 줄 알았으면 요즘 노래 좀 알아둘걸. 가을은 너무 예전 노래만 들은 게 후회되었다.

가을이 좋아하는 노래를 찾아 선택하자 간주를 들은 신우도 아는 노래라고 했다. 가을이 반가워 물었다.

"정말? 너도 이 노래 알아?"

"이거 우리 할머니가 좋아하는 노래거든."

"아, 나도. 우리 할머니가 좋아해서."

가을은 얼른 둘러댔다. 생각해 보니 두심과 함께 즐겨 들었던 노래였다.

계속 노래를 부른 건 가을이었다. 한 곡을 부르고 나니 또 부르고 싶었고 부르고 또 불렀다. 한 시간이 금방 가 버렸다.

"미안. 나만 많이 불렀네."

"괜찮아. 오늘 네 생일이잖아."

가을은 생일이 좋은 날이라는 것을 처음 느꼈다. 생일이 일 년에 한 번이 아니라 한 달에 한 번씩이면 좋을 것 같았다.

"우리 빙수 먹으러 가자."

가을은 미안함에 빙수를 사겠다고 했고 둘은 근처 카페로 자리를 옮겼다.

"아까 피자도 네가 샀잖아. 이건 내가 살게."

신우가 가을에게 먼저 자리에 가서 앉아 있으라고 했다.

가을은 빈자리를 찾아 돌아다녔다. 1층에 자리가 없어 2층으로 올라갔다. 일어서는 사람들이 있어 그곳으로 갔다. 사람이 많아 탁자 두 개를 붙여 사용한 것 같았다. 백발의 할아버지와 가을은 눈이 마주쳤다.

어? 영빈이다.

가을은 저도 모르게 반가워 손을 들어 인사를 하려고 했다. 하지만 영빈은 가을을 모르는 척 누군가에게 부축을 받은 채 스쳐 지나갔다. 영빈이 보내 준 사진 속에서 봤던 가족들이구나. 영빈은 딸 두 명과 아들 한 명이 있고 손주가 일곱 명이라고 했다.

영빈이네 가족은 계단을 통해 1층으로 내려갔다. 영빈은 끝까지 고개 한 번 돌리지 않았고 가을은 계단 쪽을 오래오래 바라봤다.

영빈은 가을의 동생이다. 칠십여 년 전 영빈을 처음 만났다.

일제 강점기에 가을네는 령을 따라 하와이로 갔다. 인간사에 관여하지 않는 게 야호의 법칙이기에 야호족은 일본인들의 만행을 그냥 지켜봐야만 했다. 아무것도 하지 못하고 무기력하게 이 땅에 있는 건 고통스러웠다.

해방이 된 뒤 령과 가을네 세 모녀는 한국으로 돌아왔고 령은 학교를 세웠다. 가을도 그 학교에 다녔는데 엄마는 국어 선생 강수와 사랑에 빠졌다. 강수는 북에서 내려온 시를 쓰는 남자였다. 가을도 강수 선생을 좋아했다. 딱딱하고 고압적인 대부분의 선생과 달리 강수는 늘 친절하고 부드러웠다. 할머니는 강수 선생과 엄마가 만나는 것을 반대했다. 당연한 일이었다. 엄마의 사랑은 시한부일 수밖에 없으니까. 야호족이라는 정체를 드러내지 못하기에 언젠가는 헤어져야 한다. 야호로 지내면서 엄마는 수차례 연인을 만났고 이별 뒤 죽을 것처럼 아파했다.

할머니의 반대에도 불구하고 엄마와 강수 선생은 계속 만났다. 그 와중에 강수의 형과 형수가 병으로 세상을 떠났고 네 살배기 조카 영빈을 강수가 키우게 되었다. 그런데 강수는 일을 해야 했기에 낮에 조카를 봐줄 사람이 필요했다. 영빈의 외삼촌이 근처에 살았지만 아이를 돌볼 형편이 안 된다고 했다. 강수의 사정을 잘 아는 엄마는 대신 조카를 돌봐 주겠다고 했다. 할머니는 안 된다고 반대했지만 영빈을 돌려보내지 못했다. 영빈은 할머니를 처음 본 날부터 방글방글 웃으며 따랐다.

그러다 한국 전쟁이 일어났다. 강수는 징집되어 떠났고 자연스레 엄마가 영빈을 맡게 되었다. 가을네 가족은 남쪽으로 피난을 떠났고 얼마 뒤 강수가 죽었다는 소식을 들었다. 령은 야호가 인간을 키울 수는 없다며 영빈을 다른 집으로 입양 보내거나 시설에 보내야 한다고 강력하게 말했다. 이번에는 할머니가 령에게 부탁했다. 제발 영빈을 키울 수 있게 해 달라고. 영빈은 이미 가을네 가족이었다. 영빈은 할머니의 손주였고 엄마의 아들이었으며 가을에겐 동생이었다.

엄마가 영화배우가 된 것도 영빈 때문이었다. 전쟁이 끝나고 서울로 돌아왔을 때 영빈의 외삼촌을 다시 만났다. 그는 몇 년이 지나도 나이를 먹지 않는 엄마를 보고 이상하게 여겼지만 다행히 문제 삼지 않았다. 그는 영화감독이 되기 위해 영화판을 떠돌았는데 따르는 영화감독이 엄마를 봤다며 영화 출연을 부탁했다. 당연히 엄마는 거절했다. 그런데 영빈의 외삼촌이 엄마가 영화에 출연하지 않으면 영빈을 입양 보내겠다고 했다. 그렇게 엄마는 영화 일을 시작했다.

영빈은 늙지 않는 할머니와 엄마, 자라지 않는 누나가 자신과 다른 존재라는 것을 알았다. 원래는 영빈이 열 살이 되면 내보내기로 령과 약속했는데, 엄마는 영빈이 스무 살이 되었을 때서야 독립시켰다. 그 뒤로 가을네가 미국으로 떠나면서 영빈에게 다시는 찾아오지 말라고 했지만 영빈은 계속 가을네를 찾아왔다. 영빈이 결혼을 하고 가족을 이루면서 만나는 일은 줄었지만 영빈은 꾸준히 엄마를 만나러 왔다. 영빈은 엄마보다 더 나이가 많아졌어도 계속 엄마를 엄마라고 불렀고, 가을에게도 누나라고 했다. 이제 영빈은 할머니보다 훨씬 더 나이가 들었다.

가을네 세 모녀는 영빈에게 드러낼 수 없는 존재다. 가을도 잘 알고 있다. 하지만 영빈이 가을을 모르는 사람 취급하는 건 너무 속상하다. 가족들 몰래 고개 한 번 돌려 눈인사라도 해 주기를 기대한 건 너무 큰 바람이었을까. 오랜만에 만났는데 몰래 아는 척 한 번 해 줄 수 있잖아.

"손님이 많아서 계산하는데 시간이 걸렸어."

신우가 빙수 그릇을 내려놓았다.

"가을아, 어디 아파? 너 얼굴이 창백해."

"에어컨 바람이 너무 세서 그런가 봐. 괜찮아."

가을은 빙수를 떠서 먹었지만 아무 맛도 느끼지 못했다.

가을은 어깨가 축 처진 채로 집으로 돌아왔다. 신우와 헤어진 뒤 한참을 홀로 떠돌았다. 할머니는 가을에게 왜 이리 늦었냐며 어서 들어오라고 반겼다.

거실 탁자 위에 케이크가 놓여 있다.

"이게 뭐야?"

"우리 오늘 생일이라잖아. 같이 생일 파티 하자."

엄마가 가을이 어깨에 팔을 두른 뒤 탁자 쪽으로 이끌었다.

"우리한테 생일이 어딨어?"

"오늘부터 생일하지 뭐."

엄마와 할머니는 오늘 친구들에게 생일을 축하 받아 기분이 좋은 듯했다.

"가짜잖아. 진짜 아니잖아."

가을이 윗니로 아랫입술을 깨물며 중얼거렸지만 할머니와 엄마는 듣지 못했다. 가을은 깊게 한숨을 내쉬며 덧붙였다.

"초 불면 한 살 더 먹어? 그럼 나 열여섯 살 될 수 있는 거야? 아니 잖아."

"왜 그래? 그냥 재미로 하자는 거지."

엄마가 빙긋 웃었다. 엄마의 웃는 얼굴은 영빈을 떠오르게 한다. 둘 다 웃을 때 눈 모양이 반달이 된다. 그래서 영빈이 어렸을 때 사람들은 당연히 엄마의 친아들이라고 생각했다.

"뭐가 재밌어? 나는 하나도 재미없어. 나는, 나는 이 생활이 너무 지겨워."

가을은 탁자 위에 케이크를 들어 바닥에 던졌다. 케이크가 그대로 뭉그러졌다.

"이가을, 뭐 하는 거야?"

할머니가 소리쳤고 엄마가 놀라서 가을을 바라보았다.

"우린 껍데기야. 우리 삶은 없어. 항상 누군가로 위장하며 살아. 오백 년째 열다섯 살로 사는 거 진짜 끔찍하다고."

가을이 소리를 질렀고 엄마가 떨리는 목소리로 말했다.

"그래도 좋았던 것도 많았잖아. 좋은 사람들도 만나고."

"뭐가 좋은데? 엄마의 그 귀한 아들 영빈이? 도대체 영빈이 왜 키운 거야? 나 대신 키운 거야? 엄마 딸은 자라지 않으니까 영빈이 보며 대리 체험한 거야? 자식 결혼시키고 손주도 보고 싶었어? 그럼 뭐

하는데? 엄마는 영빈이 결혼식도 못 갔잖아. 손자라며 개 자식을 안아 보기라도 했어?”

“가을아, 왜 그런 식으로 말해?”

“영빈이 우리 만나러 절대 안 와. 이제 영빈이는 우릴 창피해한다고!”

가을은 오늘 영빈을 만난 것을 말했고 엄마의 눈이 빨갛게 충혈되었다. 금방이라도 울 것 같은 엄마의 얼굴도 보고 싶지 않다. 가을은 방으로 들어와 쾅 소리가 나도록 세게 문을 닫았다.

령은 인간을 믿지 말라고 했다. 인간이 나빠서가 아니라 우리와 다르니까. 결국 령의 말이 맞았던 걸까. 영빈 따위 잊을 거다. 방글방글 웃던 남동생 같은 거 이제 없다.

가방을 침대 위에 내던졌는데 열린 틈으로 신우가 준 선물이 보였다. 신우도 인간인 만큼 언젠가 헤어질 수밖에 없다. 신우와도 역시 멀어지겠지. 그럴 수밖에 없겠지. 그들이 떠나거나 우리가 떠났어. 늘 그랬어.

가을은 눈을 꼭 감았다. 신우의 미소를, 신우의 눈빛을, 신우의 목소리를 떠올리지 않기 위해서였다. 하지만 그럴수록 신우의 모습이 더 아른거렸다. 제발 좀 사라져, 제발.

눈을 뜬 가을은 가방을 열어 우악스럽게 선물을 꺼냈다. 그리고 서랍 맨 아래 칸을 열어 신우의 선물을 처박아 두었다.

마음

령이 집으로 찾아왔다. 엄마와 단 둘이 할 이야기가 있다며 엄마를 데리고 방 안으로 들어갔다. 무슨 일이지? 가을은 할머니와 함께 거실에서 텔레비전을 봤지만 계속 방 안이 신경 쓰였다.

한참 뒤 령이 먼저 방에서 나왔고 뒤따라 엄마가 나왔다. 엄마는 외출복으로 갈아입었는데 울었는지 눈이 퉁퉁 부었다.

"엄마, 어디 가?"

엄마 대신 령이 "영빈한테."라고 대답했다.

"영빈이 오는 게 아니라 네가 만나러 간다고?"

할머니도 이해가 가지 않는지 고개를 갸웃하며 물었다.

"엄마, 영빈이 어디 있는데?"

가을의 물음에 엄마는 입을 달싹거릴 뿐 말을 하지 못했다.

"영빈이 어딨는데?"

가을이 소파에서 일어나 엄마 앞으로 다가가 다시 물었다.

"아프단다, 영빈이."

령이 대신 대답했다. 가을은 무언가 툭 떨어져 나가는 기분이 들었다.

영빈을 만나러 갔던 할머니와 엄마는 저녁이 되어서야 돌아왔다. 엄마는 피곤하다며 곧바로 방으로 들어갔고 할머니가 영빈을 만난 이야기를 대신 해 주었다. 영빈은 치매에 걸려 기억을 잃었다고 했다. 그래서 가을도 알아보지 못했던 거라고.

"영빈이가 아무것도 기억하지 못하는데 우리가 가져간 산딸기는 손에 꼭 쥐고 안 놓더라. 자기 엄마 줘야 한다고 먹지도 않고."

할머니는 그 말을 남기고는 방으로 들어갔다. 거실에는 가을이 혼자 오도카니 남았다. 어쩌면 영빈과 영영 헤어지게 될지도 모른다. 영빈과 함께 산으로 들로 산딸기를 따러 다니던 때가 아직도 생생한데. 영빈은 산딸기를 노란 주전자에 한 가득 따서 엄마에게 안기곤 했었지. 인간의 시간은 언젠가 마지막이 온다. 엄마와 할머니와 가을은 떨어져 있지만 지금 모두 같은 생각을 할 것이다.

가을은 손을 내밀어 보지만 시간은 잡히지 않는다. 허무한 건 그들일까 우리일까.

방으로 들어온 가을은 어질러진 방 안을 치웠다. 책상 위 물건을 넣기 위해 서랍을 열었는데 신우가 준 생일 선물이 보였다.

가을은 선물을 꺼내 포장지를 뜯었다. 민트색 다이어리다. 신우는
가을이 다이어리를 즐겨 사용한다는 걸 역시 알고 있었나 보다. 다
이어리를 열자 카드가 들어 있다.

가을아, 나는 너를 만나고 학교가 좋아졌어.
말이 안 되잖아. 학교가 좋다니.
학교만 좋아진 게 아니야.
오늘 하루도 좋더라.
너는 내가 무언가를 좋아하게 만들어 주었어.
고마워.
생일 축하해. 많이, 축하해.
☆신우가

정성 들여 쓴 한 글자 한 글자에서 신우의 마음이 고스란히 느껴
졌다. 가을은 카드를 꼭 움켜 쥔 채 엉엉 울었다. 할머니가 그랬다.
우리가 야호가 됐어도 마음은 그대로라고. 그래서 좋아하는 마음을
없앨 수 없으니 처음부터 인간에게 마음 주지 말라고. 주의를 듣고
또 들었다. 하지만 그걸 따르는 야호들은 거의 없다. 령은 가을네 세
모녀를 살렸고 엄마는 영빈을 자식으로 받아들였다. 매번 다짐하는

데 왜 그게 안 될까.

마음이 흔들려서 마음이 움직여서 마음이 있어서, 가을은 울었다.

3부

반쪽 야호

야호의 축제

가을은 여름 방학 동안 내내 집에만 있다 보니 몹시 심심했다. 할머니와 엄마도 은근히 학교를 그리워하는 눈치다. 방학이 좀 길지 않느냐며 방학 동안 친구들을 도통 만날 수 없다고 아쉬워했다. 다른 아이들은 공부하느라 바빠 방학이나 학기 중이나 별로 다를 게 없을 텐데. 학원에 안 다니는 아이들은 삼계절 자매와 휴뿐이려나?

오늘 뭐 해?

가을은 휴에게 연락을 했다. 마침 휴도 심심한지 집에 놀러 오라고 했다.

"나, 휴네 집에 갔다 올게."

"오늘은 그냥 집에 있지?"

할머니가 걱정스럽게 말했다.

할머니는 일찍 일어나는 날이면 화투로 가족들 점을 봐 주는데 오늘 아침에 하필 가을이 뒤집은 패가 비였다.

"오늘은 비라 조심해야 하는데."

"어휴, 엄마. 요즘 시대에 누가 그런 걸 믿어?"

엄마가 가을에게 신경 쓰지 말고 다녀오라고 했다.

"할머닌 정말 옛날 사람이라니까."

"어머? 너는 옛날 사람 아니니?"

"난 아니거든요."

가을이 혀를 쏙 내밀며 말하고는 밖으로 나왔다.

휴가 버스 정류장으로 마중을 나왔다. 그런데 휴의 얼굴이 살짝 부어 있었다.

"새벽에 잤어?"

"응."

휴가 두 손바닥으로 제 얼굴을 감싸며 대답했다.

"또 게임했지?"

"조금. 아주 조금 했어."

"조금 한 것 같지 않은데? 조심해."

휴는 처음 인터넷 게임이 보급되었을 때 일 년 넘게 집에서 게임만 했고 령에게 혼쭐이 난 뒤에야 정신을 차렸다.

"저기 들렀다 가자."

가을이 근처에 있는 떡집을 가리켰다. 령이 좋아하는 쑥떡을 사 갈 생각이다.

휴의 집 앞에 도착했는데 누군가 대문 앞에 서서 초인종을 눌렀다. 긴 생머리의 여자다.

이런, 수수다.

수수는 본야호로 령과 휴의 일가이다. 가을은 고개를 숙여 인사를 했다. 하지만 수수는 가을을 보자마자 인상을 찡그렸다. 아무래도 할머니 말을 들을 걸 그랬다.

"쯧쯧. 아직도 어울려 다니는구나."

오십 년 만에 만났음에도 불구하고 수수는 가을에게 제대로 인사도 하지 않았다. 대문이 열리자 "흥!" 하고 콧방귀를 뀐 채 안으로 들어갔다.

"어, 수수가 언제 왔대? 오늘 오는 줄 몰랐는데."

휴가 당황스러워하며 말했다.

"수수, 모리셔스에 있다고 하지 않았나?"

가을은 모리셔스에서 리조트를 운영 중인 수수를 한국에서 만날 줄 몰랐다.

"나도 몰랐네. 한국에 온 줄."

"난 다음에 올게."

가을은 휴에게 쑥떡 봉지를 주며 령에게 갖다주라고 했다.

"왜? 신경 쓰지 마. 쟤 말 귀담아들을 거 하나도 없어."

휴가 가을의 팔을 잡으며 그냥 들어가자고 했다. 가을은 그럴 수가 없었다. 수수는 딱 한마디 했을 뿐이다. 하지만 수수의 표정에는 아주 많은 말들이 담겨 있었다.

"너는 내가 아니잖아. 그러니까 그렇게 말할 수 있는 거야."

"그래도 여기까지 왔는데……."

"나 그냥 갈래. 내가 있으면 수수 님도 불편해. 나도 그렇고."

휴가 집까지 데려다준다고 했지만 가을은 고개를 저었다. 지금은 혼자 있고 싶다.

가을은 일부러 버스를 타지 않았다. 오늘은 그냥 집에 걸어갈 거다. 터덜터덜 걸으며 생각했다. 할머니와 엄마처럼 그냥 평범한 종야호였다면 얼마나 좋았을까. 하지만 가을은 다르다.

오백 년 전 가을을 없애려고 찾아온 이들은 가을의 또 다른 할머니의 사주를 받아서였다. 호랑족과 인간이 만나 낳은 아이를 없애기 위해서. 칼에 맞아 숨이 끊어질 뻔한 그 순간까지 가을도 엄마도 몰랐다. 엄마가 만났던 가을의 아버지가 누군지 말이다.

그 사람은 령과 웅녀의 친구였던 범의 동생, 범녀의 아들이다. 엄마는 호수를 지나가다가 누군가 물에 빠져 허우적거리는 걸 보았다. 그를 구하기 위해 당장 호수로 뛰어 들어갔다. 너무 무거워 간신히 데리고 나왔다. 그런데 물에서 나온 남자는 화를 냈다. 엄마는 살려 줬더니 어찌 화를 내느냐고 따졌다. 알고 보니 남자는 물에 빠진 게 아니라 잠수를 하면서 물속을 관찰하는 중이었다. 그래서 엄마가 데리고 나오려고 할 때 따라 나오지 않으려고 부단히 엄마를 밀어냈던 것인데 그것도 모르고 엄마는 어떻게든 데리고 나오려고 잡아당겼다. 엄마는 미안해서 어쩔 줄 몰랐다. 그렇게 둘은 친구가 되었고 사랑에 빠졌다.

엄마는 그 사람의 어깨가 아주 넓고 단단했다고, 그가 "하송아."라고 느릿한 목소리로 부르면 안전한 막이 생기는 기분이었다고 했다. 그 막이 어떤 일이 있어도 자신을 지켜 줄 것 같았다고.

그 사람은 엄마와 봄과 여름, 가을, 겨울을 함께 보냈고, 봄이 시작되기 전에 떠났다. 엄마는 그가 떠난 뒤 가을을 임신한 걸 알았다.

가을은 딱 한 번 그 사람을 만난 적이 있다. 열 살쯤이었던 것 같다. 저잣거리를 지나가다가 엄마가 갑자기 멈추어 섰다. 엄마와 손을 잡고 가던 가을은 무슨 일인가 싶어 자연스럽게 엄마를 올려다보았다. 엄마의 시선이 머무는 곳을 보니 엄마보다 십 년은 어려 보이는 남자가 넘어진 노인을 도와주고 있었다. 새카만 눈썹에 이목구비가 또렷하면서도 선한 인상을 지닌 남자였다. 키가 크고 어깨가 넓었다. 이상하게 가을은 남자가 낯설지 않았다.

남자가 드디어 엄마를 보았다. 엄마 손이 덜덜 떨렸다. 남자가 가까이 다가오자 엄마는 가을에게 인사를 하라고 했다. 남자는 한쪽 무릎을 꿇고 앉아 가을을 놀란 눈으로 한참을 바라보았다. 그리고 엄마에게 미안하다고만 말했다.

남자와 헤어진 뒤에도 가을은 남자를 어디서 봤는지 계속 생각했다. 본 게 아니었다. 엄마에게 들은 거였다. 엄마에게 그 남자가 혹시 아버지냐고 물었고 엄마는 아무 대답도 하지 않았지만 표정이 답을 말해 주었다. 그 뒤로 가을은 남자에 대해 거의 생각하지 않았다. 태어나서 고작 단 한 번 만났을 뿐 아버지라고 불러본 적도 없는 이다. 아버지는 가을에게 없는 존재나 마찬가지다.

령은 가을의 탄생을 신기한 일이라고 했다. 야호와 호랑은 자손을 낳을 수 없고, 혹여 인간을 통해 아이를 낳긴 했지만 모두 기형으로 태어나 얼마 살지 못하고 죽어 버렸다. 하지만 어찌된 일인지 가을은 살아남았다.

범녀는 자신의 아들과 인간 사이에 아이가 있다는 사실을 알게 되자마자 웅녀가 남긴 예언이 두려워 가을을 없애려고 했다. 웅녀는 이종(異種) 간의 결합으로 태어난 아이는 단군이 처음이자 마지막이라고 말했다. 만약 또 다시 그런 아이가 탄생하면 종족이 위험에 처할 거라고 했다.

가을은 그날을 잊지 못한다. 서늘했던 공기와 할머니와 엄마의 신음 소리, 그리고 비릿한 피 냄새. 무서웠다. 할머니와 엄마가 가을을 다락방에 숨겼지만 그들은 찾아냈다. 할머니와 엄마가 먼저 칼에 맞아 쓰러지고 난 뒤 가을도 처참하게 찔리고 베였다. 살아 있는지 확인할 필요도 없을 만큼.

령은 자신의 구슬을 이용해 가을네 세 모녀를 살렸다. 마침 그때 구슬 전쟁을 피해 숨어 있던 령의 구슬이 발현되던 차였다.

　가을이 살아 있다는 소식을 듣고 호랑족은 다시 찾아왔지만 돌아서야 했다. 가을네 세 모녀는 더 이상 무력한 인간이 아닌 야호였다. 야호를 공격할 때는 죽음을 무릅쓸 각오를 해야 한다. 또한 야호와 호랑 사이에 맺은 협정이 있는 한 호랑은 함부로 야호를 해칠 수 없다. 그 이후로 호랑족은 다시는 가을을 찾아오지 않았다.

　며칠 지나지 않아 가을은 수수가 온 이유를 알았다.

　오십 년에 한 번씩 전 세계 야호들이 모이는데 올해가 그 해다. 날짜는 가을이 시작되는 입추로 정해졌다. 야호들은 그날 영시에 만나 자정까지 축제를 벌인다. 그동안 있었던 이야기들도 주고받고 새로운 정보도 교환하고 맛있는 음식도 나눠 먹는다. 야호들이 다 같이 만나는 건 이날뿐이다. 자신의 정체를 숨기지 않아도 되는 날이기에 야호들은 그날을 손꼽아 기다린다.

　가을은 할머니, 엄마와 함께 백화점에 갔다. 모임 때 입고 갈 옷을 장만하기 위해서다. 모임을 앞두고 할머니와 엄마는 잔뜩 신이 났다.

　"이거 어때? 좀 우아해 보이지 않아?"

　할머니는 실크로 된 분홍색 원피스를 몸에 대 보며 물었다.

　"엄마, 좀 과하지 않을까?"

　엄마가 고개를 저으며 너무 차려입은 티가 난다고 했다.

　"이 정도는 입어 줘야 해. 안 그래도 나 사업 망한 거 알 텐데 빈티

나게 입고 가 봐라. 다들 비웃지."

할머니는 실크 원피스를 들고 탈의실로 들어갔다. 야호들이 가난하게 사는 것도 쉬운 일이 아닌데 가을네는 할머니 때문에 넉넉하게 살아 본 적이 없다.

잠시 뒤 할머니가 옷을 입고 나왔다. 점원은 너무 잘 어울린다며 맞춤옷 같다고 할머니를 치켜세웠다. 그 말에 신이 나서 할머니는 바로 이 옷으로 사겠다고 했다.

"가을아, 너도 사."

"됐어. 집에 옷 있어."

"그거 다 옛날 스타일이야. 요즘 거로 다시 사."

할머니가 가을의 손을 잡아끌었다.

"이거 입어 봐."

하얀 레이스 원피스다. 가을은 깜짝 놀라 싫다고 고개를 절레절레 저었다. 결단코 저 옷만은 입을 수 없다.

"나만 잘 차려입고 가면 뭐 하니? 너도 잘 차려 입어야지. 에휴. 나도 저 옷 그냥 환불해야겠다."

"알았어. 입을게."

가을은 하는 수 없이 레이스 원피스를 입고 나왔다.

세상에, 이런.

거울을 보고 가을은 깜짝 놀랐다. 절대 밖에서는 입을 수 없는 스타일이다. 결혼식 화동도 아니고 요즘 누가 이런 걸 입을까.

"그래, 딱 저 옷이었어."

할머니는 지난 모임 때 준비했던 옷과 비슷하다며 꼭 이 옷을 사야 한다고 했다. 그때 모임을 앞두고 할머니가 사기를 당하는 바람에 온 집 안에 빨간 차압 딱지가 붙었다. 심지어 할머니가 가을을 위해 산 원피스마저 차압이 되는 바람에 입어 보지도 못하고 빼앗겼다. 가을은 아쉬움에 한동안 그 원피스를 입는 꿈까지 꿨다.

"그런데 이건 그때 스타일이지 지금 스타일이 아니야."

가을이 할머니 귀에 대고 말했다. 그때는 이 옷을 못 입어서 속상했지만 지금은 이 옷을 입으면 속상할 것 같았다.

"내가 그때 그 옷까지 빼앗기고 너한테 얼마나 미안했는 줄 알아? 이거 사. 할미가 사 줄게."

할머니는 액세서리 코너에 있는 커다란 리본 머리띠까지 해 보라고 했다. 가을은 울상을 지으며 머리띠를 착용했다. 더 우스웠다. 하지만 할머니는 만족스러운지 원피스와 머리띠 둘 다 계산해 달라고 했다.

령의 차를 타고 다 같이 가기로 해서 령과 휴가 가을네 세 모녀를 데리러 왔다. 아니나 다를까. 휴는 가을을 보자마자 웃음을 터트렸다.

"가을아, 어디 결혼식 가? 꽃은 어딨어?"

휴의 말에 가을은 끙, 하는 소리를 낼 뿐 아무 말도 하지 않았다.

"달빛에 너만 보인다. 윽, 눈이 너무 부셔서 눈을 못 뜨겠어."

휴가 계속 킥킥거렸다. 가을은 차에 올라타며 휴에게 더 옆으로 가라며 확 밀었다. 너무 세게 밀었는지 휴의 머리가 자동차 창문에 쾅 부딪혔다. 휴가 아프다며 신음소리를 냈다. 가을은 조금 화가 풀렸다.

차를 타고 한 시간쯤 가니 전원주택이 모인 마을이 나왔다. 길을 따라 언덕 위로 올라가니 외따로 선 커다란 저택이 보였다. 오늘 모임은 수수의 별장에서 하기로 했다.

"오메, 수수 돈 많이 벌었나 봐."

차에서 내린 할머니가 집을 둘러보며 말했다.

"리조트가 잘된다고 하잖아."

엄마는 수수가 운영 중인 모리셔스 리조트의 규모가 어마어마하다고 했다.

아직 영시가 되기 전이지만 집 앞에 차가 죽 늘어서 있다. 야호들이 벌써 모였나 보다.

문을 열고 들어가니 수수가 반겨 주었다.

"사월아, 하송아, 잘 지냈어?"

수수는 할머니, 엄마와 나란히 포옹하면서 옆에 있는 가을은 본 체 만 체 했다.

"수수는 왜 이렇게 예뻐졌어?"

할머니의 말에 수수는 이 미모가 어디 가겠느냐고 했다. 아주 희희낙락이다. 따지고 보면 호랑족과 사랑에 빠져 가을을 낳은 건 엄마인데, 수수는 가을만 호랑족의 피가 흐른다고 싫어했다.

마당에 야호들이 모여 있다. 오십 년 만에 만났지만 조금도 변하지 않았다. 할머니와 엄마도 오랜만에 만난 야호들과 지난 이야기를 하느라 정신이 없다. 둘과 달리 가을은 친한 야호가 령과 휴뿐이다. 수수뿐만 아니라 다른 야호들도 가을을 반기지 않는 건 마찬가지다.

"주눅 들지 마. 다들 너 별로 신경 안 써. 자기 이야기하느라 바쁠 걸?"

휴가 가을에게 라임 주스를 한 잔 건네며 말했다.

"너도 나 신경 쓰지 말고 가서 이야기해."

가을이 휴의 등을 밀었다. 휴도 오랜만에 만난 야호들과 하고 싶은 이야기가 많을 것이다.

"괜찮아. 아직 시간 많은 걸 뭐."

휴는 가을 옆에 앉아 다른 야호들을 구경했다. 야호들은 피곤하지도 않은지 새벽 동이 틀 때까지도 먹고 마시느라 바빴다.

수수가 휴를 불렀다.

"루비가 너 보고 싶대."

휴는 가을에게 잠깐 다녀오겠다고 말한 뒤 수수와 함께 자리를 옮겼다.

"호랑족이 그런 거라고?"

가을이 앞을 지나가던 두 야호의 대화가 들렸다. 호랑족이라는 말에 가을은 귀를 쫑긋했다.

"하여튼 호랑족은 끔찍하다니까."

"그러게 말이야. 이번에도 걱정이야."

가을은 제 이야기라도 들은 것마냥 몸이 움츠러들었다.

령은 많은 야호들에게 둘러싸여 있고 휴도 다른 야호들과 함께 웃고 있다. 할머니와 엄마도 마찬가지다. 혼자 있는 건 오직 가을뿐이다. 정오가 다 되어 가는데 지겹지도 않은가 보다. 긴긴 시간을 살아온 야호들에게 열두 시간은 눈 깜짝할 시간인지도 모르겠다.

가을은 엄마와 할머니에게 먼저 집으로 가겠다는 메시지를 보낸 뒤 조용히 자리에서 일어났다.

하얀 병

가을은 집 근처까지 왔지만 혼자 들어가고 싶지 않았다. 휴에게 전화가 여러 번 왔지만 받지 않았다. 피곤해서 쉬고 싶다는 메시지를 보냈다.

가을은 그냥 정처 없이 걷고 또 걸었다. 어쩌면 이리 갈 곳도 연락할 곳도 없을까. 연락처에 할머니와 엄마, 령, 휴를 빼면 누가 있지? 가을은 핸드폰을 살폈다.

유신우

신우의 이름이 눈에 들어왔다. 방학 동안 가을은 신우와 종종 연락을 주고받았다.

신우야, 오늘 뭐 해?

그냥 집에 있어.

가을은 망설이다가 보냈다.

혹시 지금 나올 수 있어?

음, 오늘은 안 되는데.

아, 그렇구나. 알았어.

괜히 연락했나 보다. 핸드폰을 주머니에 넣으려는데 전화가 왔다. 신우였다.

"저기, 우리 집으로 올래? 내가 지금 밖에 못 나가서 그래."

"너희 집으로?"

"에어컨이 고장 나서 수리 기사님이 오시기로 했는데 할머니가 외출하셨거든."

날은 무덥고 갈 곳은 없었다.

"좋아. 집이 어디야?"

가을은 신우가 알려 준 곳으로 찾아갔다. 초인종을 누르니 신우가 문을 열고 나왔다. 가을을 본 신우는 "풉." 하고 터져 나오는 웃음을 참았다. 아차, 옷을 갈아입을 생각을 못 했다.

"나도 입고 싶어서 입은 게 아니야. 오늘 가족 행사가 있었거든."

"들어와. 에어컨 대신 선풍기 틀긴 했는데 좀 더울 거야."

신우의 말대로 집 안이 더웠다. 그런데 신우는 오늘도 긴 팔 티셔츠를 입었다. 그러고 보니 여름 방학 전에도 신우는 계속 춘추복 셔츠를 입었다.

"마실 거 줄까? 주스?"

신우가 주방에서 주스를 가져다주었다. 가을은 신우와 소파에 나란히 앉아 있는 게 좀 어색했다. 생각해 보니 휴를 제외하고 남자 친구의 집에 가 본 적이 없었다.

"덥지?"

신우가 선풍기를 가을 쪽으로 가까이 옮겨 주었다.

"근데 넌 안 더워?"

가을은 무심코 물었다.

"그게……."

그때 딩동 하고 초인종이 울렸다.

"어? 기사님 오셨나 봐."

에어컨 수리 기사가 일하는 동안 가을은 신우와 함께 방으로 들어갔다. 신우 방은 단정하고 깔끔했다. 침대도 책상도 잘 정리되어 있었다.

"오, 엄청 깨끗하다."

"너 온다고 치운 거야."

신우가 솔직하게 말했다. 가을은 침대 위에 앉는 건 실례일 거 같아 책상 앞 의자를 빼서 앉았다. 신우는 침대에 걸터앉았다.

"사실은 내가 팔에 흉터가 있거든."

"응?"

"아까 네가 물었잖아. 안 덥냐고. 오른팔에 긴 수술 자국이 있어서 늘 긴팔 입는 거야. 부끄러워선 아니고 보기 흉하니까. 팔뼈가 으스러져서 크게 수술을 했거든."

"아팠겠다."

"지금은 괜찮아."

거실에서 에어컨 기사가 신우를 불렀다. 신우는 가을에게 잠깐만 기다리라고 말한 뒤 방에서 나갔다.

가을은 의자에 앉아 뱅글뱅글 돌며 신우 방을 구경했다. 그러다 책상 옆 책장에 무언가가 눈에 들어왔다. 의자에서 일어나 앞으로 다가갔다.

이게 왜 여기 있지?

가을은 손가락 마디만 한 하얀 병 미니어처를 집어 들었다.

그때 신우가 문을 열고 들어왔다.

"이거, 네 거야?"

가을이 하얀 병을 내밀며 물었다.

"응. 내가 사고 난 날, 손에 쥐고 있었다는데 어디에서 났는지 기억이 안 나. 팔이 으스러졌는데 주먹에 그걸 꼭 쥐고 있었대. 정말 신기해."

가을은 핑 하고 어지러움을 느꼈다.

"가을아, 왜 그래? 어디 아파?"

가을의 숨이 가빠졌다.

"신우야, 너희 할머니 혹시?"

"맞아. 우리 할머니가 교장 선생님이야. 학교 사람들 아무도 몰라. 근데 넌 어떻게 알았어?"

가을은 아무 말 없이 가만히 신우를 바라보았다.

"말 안 해서 미안해. 사실 담임 선생님도 우리 할머니가 교장인 거 모르시거든."

신우가 두심이 손자였다니. 가을은 그대로 신우를 꼭 안았다.

십 년 전 가을은 같은 동네에 사는 두심이 가족과 함께 중식당으로 들어가는 것을 보았다. 식당은 지어진 지 오래된 허름한 건물 1층에 있는데 맛이 좋아 가을네도 종종 가는 곳이다.

두심은 아들 내외와 손자와 함께 창가에 앉아 도란도란 정답게 이야기를 하며 음식을 기다렸다. 가을은 건너편에서 그런 두심을 한참 지켜봤다.

가을이 발길을 돌리는데 엄청난 굉음이 울렸다. 무슨 일이지 건물 한 축이 주저앉아 버렸고 건물이 빠른 속도로 무너지고 있었다. 가을은 재빨리 주머니에서 하얀 병을 꺼내 두심을 떠올리며 건물로 던졌다. 제발 두심을 지켜 주기 바라며.

가스 폭발 사고였다. 5층 건물이 몽땅 주저앉았다. 구조 작업을 시작한 지 36시간 만에 생존자 두 명이 나왔다. 오십 대 여성과 다섯 살 아이였다. 여자가 아이를 꼭 안고 있었다고 했다. 둘을 감싸던 하얀 막을 사람들은 보지 못했다. 여자는 찰과상을 입었을 뿐 크게 다친 곳이 없었다. 아이 역시 오른팔이 콘크리트에 깔려 으스러지긴 했지만 생명에는 지장이 없었다. 가을은 두심과 아이가 무사하다는 소식을 듣고 뉴스를 껐다.

야호족 모임에 다녀온 할머니와 엄마는 한낮이 되어서야 일어났다. 24시간을 쉬지 않고 놀아서 피곤했나 보다. 가을은 일어난 할머니와 엄마에게 신우에 대해 이야기했다.

"역시 그랬군. 뭔가 느낌이 달랐어."

"세상에나. 그런 인연이 있다니."

할머니는 그래서 신우가 체육대회 때 자신을 도와준 거라며, 다 인연이 얽혀 있어서 그런 거라고 했다.

"그건 진짜 우연이었고."

"우연이 인연이지 뭐."

하여튼 할머니는 우기기 대장이다. 할머니는 앞으로 신우에게 더 잘해 줘야겠다고 했다. 그건 가을도 원하는 거니 할머니 마음대로 하게 두어야겠다.

"모임은 잘 끝난 거지?"

"응. 좀 큰소리가 났지만 말이야."

엄마는 령과 수수, 휴가 다투었다고 했다.

"엄마도 같이 있었어?"

"아니. 본야호들만 모여서 이야기하더라고. 본야호들끼리 의견 충돌이 있었던 것 같아. 분위기가 안 좋아져서 수수는 방에 들어가 안 나오더라고."

"그래?"

가을은 조금 속이 시원했다. 메롱, 수수.

"언제 신우 한번 집으로 초대해. 할머니가 맛있는 음식 해 준다고 그래."

할머니는 요리 솜씨를 발휘하겠다고 별렀다.

가을이 침대에 눕는데 신우에게 메시지가 왔다.

> 가을아, 어제 네가 나한테 왜 그랬는지 알아.

가을이 두 눈을 동그랗게 떴다. 가을은 어제 한참 신우를 안은 채로 있다가 아무 말도 하지 않고 신우의 집에서 나왔다. 신우가 뭘 안다는 걸까?

> 나 기특해서 그런 거지? 그럼 남은 방학 잘 보내!

가을은 안도의 숨을 내쉰 뒤 개학날 보자는 메시지를 보냈다. 신우가 무사해서 다행이다. 신우를 살릴 수 있어서 정말 다행이다. 가을은 처음으로 자신이 야호인 게 좋았다.

유정

한 달간의 여름 방학이 끝나고 2학기가 시작되었다. 가을은 개학 날을 손꼽아 기다렸는데, 가을뿐만 아니라 할머니와 엄마도 개학을 무척 반겼다.

"그동안 잘 지냈어?"

"어떻게 지냈어?"

봄과 여름의 주변으로 아이들이 몰렸다.

"안녕."

가을은 신우에게 손을 들어 반갑게 인사했다. 신우도 가볍게 손을 흔들었다.

"얼굴이 좀 탔네?"

신우가 가을을 힐끔 보며 말했다.

"아, 지난주에 지리산 다녀왔거든."

이번엔 진짜다. 가을은 할머니, 엄마와 휴, 령과 함께 일주일간 지리산에서 지냈다.

"휴도 같이 간 거야?"

"응."

그 말을 듣고 신우가 살짝 인상을 썼다.

"휴랑 나랑 절대 그런 사이 아니야. 걔랑 나는 먼 친척이라니까. 내가 휴 여친을 몇 명이나 봤는데."

가을은 말해 놓고 곧바로 후회했다. 물어보지도 않은 말을 너무 줄줄이 늘어놓았다. 분명 신우가 이상하게 생각할 거다.

그때 휴가 가을과 신우 앞에 있는 빈자리에 앉았다.

"내 얘기 하냐? 방금 내 이름을 들은 거 같은데?"

"우리가 언제?"

가을이 신경 끄고 가 보라며 손을 휘저었다. 하여튼 낮말도 휴가 듣고 밤말도 휴가 듣는다. 휴는 수호대답게 귀도 밝고 눈도 밝고 다 밝다.

"우리? 어어, 우리?"

휴는 재밌는 말이라도 들었다는 듯이 실실 웃었다. 가을은 입을 앙 다문 채 미소를 지었다. 이건 건들지 말라는 경고의 미소다. 눈치 빠른 휴는 자리에서 발딱 일어나 제자리로 돌아갔다.

그때 조회 시작을 알리는 종이 울렸고 담임 선생님이 들어왔다. 담임 옆에는 처음 보는 여자아이가 서 있었다. 얼굴이 까맣고 키가 아주 컸다.

"우리 반에 전학생이 왔다."

반 아이들은 또 전학생이냐며, 전학생 풍년이라고 웅성거렸다. 올해 2학년 2반은 전학생만 다섯 명째다.

"반가워. 난 김유정이라고 해."

전학생은 C시에서 왔다고 했다.

"유정이는 어디 앉느냐면 말이지……."

담임이 교실을 둘러보다가 외쳤다.

"아! 오늘부터 2학기 시작이지? 자리 바꿔야겠다."

담임은 깜박할 뻔했다면서 반장에게 교무실에 가서 제비뽑기 통을 가져오라고 시켰다.

잠시 뒤 반장이 제비뽑기 통을 가져왔고 1분단 앞자리부터 나가서 번호를 뽑았다. 신우와 가을도 나갔다.

"몇 번이야?"

종이를 펼치면서 신우가 물었다.

"나 20번. 넌?"

"난 6번."

칠판에 담임이 그려놓은 위치 표를 보니 가을은 오른쪽 3분단이고, 신우는 1분단 그대로였다.

"자, 뽑은 자리로 옮기도록."

가을은 책상 서랍 속 물건을 챙겼다. 이제 신우와 짝이 아니라고 생각하니 몹시 서운했다. 왜 이렇게 발걸음이 안 떨어질까.

가을의 새 짝은 지나다.

"렐라, 한 학기 동안 잘 지내 보자."

지나의 말에 가을은 고개를 끄덕였다. 담임이 나가자 지나는 곧바로 2분단 봄과 여름에게 갔다. 누가 보면 가을이 아니라 지나가 둘의 가족인 줄 알겠다.

가을은 신우의 새 짝이 누구일까 궁금해 1분단을 보았다. 신우 옆에는 전학생 유정이 앉아 있었다. 가을은 신우가 몹시 걱정되었다. 신우가 반에서 유일하게 말하는 상대는 바로 가을이다. 가을이 없으면 신우는 또 창밖만 보거나 엎드려 있겠지? 신우 옆에 있어 주지 못하는 걸 아쉬워하고 있는데 뒤에서 누군가 가을의 등을 톡톡 쳤다. 돌아보니 휴가 씨익 웃고 있었다.

"네가 직녀야? 뭐가 그리 애틋해?"

"그런 거 아니야."

"맞는 거 같은데?"

가을은 아무 대꾸하지 않았다. 이럴 땐 무시가 최고다.

"근데 쟤 중학생치고 좀 큰 거 같지 않아?"

휴가 턱으로 유정을 가리키며 말했다. 유정은 앞자리에 앉은 채민, 연수와 대화 중이었다. 언제 친해졌는지 셋은 손뼉을 치며 웃었다. 그리고 신우는 1학기 때와 똑같이 책상 위에 엎드려 있었다.

"휴, 네가 할 말은 아닌 것 같은데? 너야말로 중학생 같지 않다고."

"나야 사정이 있고. 아무래도 쟤 수상해."

"뭐 눈에는 뭐만 보인다는 말이 딱 맞는다니까."

가을은 휴의 말을 흘려들었다. 1교시 시작종이 울릴 때까지 가을은 신우를, 휴는 유정을 계속 바라봤다.

유정은 금세 반 아이들과 친해졌다. 세영을 통해 봄과 여름과도 가까워졌다. 유정은 말을 재밌게 하고 붙임성도 좋았다. 무엇보다 운동을 잘해서 체육 시간에 주목을 받았다. 반 아이들은 유정을 좋아했다. 딱 한 사람만 빼고.

"걔 아무래도 수상하다니까. 사람이 그렇게 완벽할 수가 없다고."

휴는 유일하게 반에서 유정을 좋아하지 않았, 아니 싫어했다. 점심을 먹고 돌아오는 길에 유정이 이상하다고 또 말했다.

"네 인기 뺏어 갔다고 그럼 안 되지. 넌 왜 그렇게 인기 욕심이 많냐?"

가을은 휴에게 핀잔을 줬다.

휴는 인기에 무척 집착했다. 연예인을 했으면 딱인데 안타깝게도 카메라 울렁증이 있다. 아이돌 연습생으로 데뷔 직전까지 갔다가 무대에서 토하는 바람에 무산되었다.

"그리고 유정이가 뭐가 완벽해? 공부는 아니잖아."

가을은 다른 아이들은 듣지 못하도록 아주 작은 목소리로 말했다. 지난주 수학 쪽지 시험을 봤는데 유정은 봄, 여름보다 점수가 더 낮았다. 유정은 딱 하나 공부만 빼고 다 잘했다.

가을은 휴에게 유정에 대해 그만 신경 쓰라고 했다.

"휴, 너는 너만의 매력이 있잖아."

"하늘 아래 태양이 두 개일 수는 없어. 아, 찝찝해."

가을과 휴는 교실 앞에 도착했다.

"태양은, 너야."

가을이 눈에 힘을 주어 말했고, 휴는 "그렇지?"라며 문을 열고는 아이들이 많이 몰려 있는 봄과 여름이 있는 쪽으로 갔다.

점심시간이 되면 봄과 여름이 주위에 아이들이 꽤 많이 모인다. 오늘은 처음 보는 아이들도 있다. 옆 반에서 왔나 보다.

여름이 먼저 이야기를 시작했다.

"자, 그래서 오늘은 명종 이야기를 할까. 명종은 중종의 아들이자 인종의 아우지. 너희들 명종이 몇 살에 왕이 된 줄 알아?"

아이들이 모른다고 대답했다. 그러자 옆자리에 있던 봄이 대답을 했다.

"바로 열두 살. 어린 왕이었지."

가을네 반에서 점심시간마다 여름의 역사 강의가 이뤄지고 있다. 1학기 기말고사를 앞두고 여름이 친구들에게 시험 범위에 속한 시대 역사를 설명해 줬다. 그게 재밌었는지 아이들은 시험이 끝나고도 다음 이야기를 계속해 달라고 여름을 졸랐고 그게 2학기까지 이어지고 있다. 가을도 어렸을 때 엄마한테 옛이야기 듣는 걸 좋아했다.

엄마가 이야기 하나는 맛깔스럽게 잘했다.

"여름아, 너 꼭 송선 같아!"

지나가 말하자 나머지 아이들도 정말 그렇다며 여름에게 역사 유튜브를 해 보지 않겠냐고 했다. 그때 가을은 봄이 눈동자를 굴리는 걸 봤다. 가을은 반드시 할머니가 사업하는 것만큼은 막아야겠다고 생각했다.

송선은 텔레비전에 많이 나오는 역사가이다. 교양 프로그램뿐만 아니라 예능에도 자주 나오는데 연예인들이 학생처럼 앉아서 송선의 강의를 듣는다. 송선이 쓴 역사책도 엄청 많이 팔렸다. 사실 송선은 야호다. 그래서 역사 강의를 그렇게 재밌게 잘할 수 있다. 글로 배운 게 아니라 삶으로 익힌 거니까.

그나저나 신우는 아직 점심을 다 먹지 않은 걸까? 가을이 고개를 돌려 신우를 찾았지만 신우가 보이지 않았다. 요즘 신우와 자리가 멀어 교실 안에서는 대화할 기회가 거의 없다. 메시지로 연락을 주고받을 수 있어서 그나마 다행이었다. 할머니는 종종 아무 때고 연락을 주고받을 수 있다니 세상 참 좋아졌다고 말했다. 가을은 할머니에게 조선 시대 사람 티 내지 말라고 했지만 그때는 상상도 못했던 일들이 펼쳐지는 걸 보면 감탄스럽긴 하다.

교실 앞문이 열렸다. 어? 신우다. 그런데 신우와 함께 또 다른 사람이 들어왔다. 바로 유정이었다. 신우가 웃고 있다. 유정이 무슨 말을 하면서 자연스럽게 신우 팔을 툭 쳤고 신우가 미소를 지었다.

어제 메시지를 주고받으며 신우가 유정 이야기를 했다. 유정이 가을과 친해지고 싶어 한다며 가을에 대해 물었다고 했다. 가을이 무엇을 좋아하고 싫어하는지에 대해 말이다. 어젠 그냥 듣고 넘겼는데 유정에게는 다른 뜻이 있는 것 같았다. 신우와 친해지기 위해 가을을 이용하는 게 분명하다. 가을은 둘의 모습을 보고 싶지 않아 교실 뒷문을 열고 나와 버렸다.

저녁을 먹고 방으로 들어왔는데 신우에게 메시지가 와 있었다.

가을아, 뭐 해?

방금 저녁 먹었어. 넌?

나도.

가을은 메시지에 '김유정이랑 많이 친해졌더라'를 썼다가 지웠다. 신우가 유정이랑 친하든 말든 가을이 뭐라고 할 수 있는 문제가 아니었다. 아니, 신우랑 유정은 별 사이 아닐 거다. 짝이라서 그냥 친하게 지내는 거겠지. 근데 신우가 짝이라고 아무하고나 친하게 지낼 아이인가.

가을아, 무슨 일 있어? 아까 수업 끝나자마자 갔더라.

신우야, 나는 네가 다른 여자를 보고 웃는 게 싫어. 다른 여자애랑 친하게 지내는 것도 싫고. 나, 너무 나쁘지. 너무 이기적이지.

가을은 마음과는 전혀 다른 말을 적어 보냈다.

> 나 찾았어? 무슨 일인데?

> 유정이가 너랑 셋이 떡볶이 먹으러 가자고 했거든.
> 너 없어서 그냥 둘이 먹었어.

가을은 씩씩대며 핸드폰을 침대에 던졌다.

정말 밉다, 유신우.

오늘 3교시는 체육 시간이다. 가을은 사물함으로 가서 체육복을 꺼냈다. 그런데 체육복이 젖어 있었다.

"왜 그래?"

옆에서 체육복을 꺼내던 봄이 물었다.

"오늘 아침에 세탁한 체육복을 넣어 놓았는데……."

"알지. 어젯밤에 갑자기 네가 빨아 달라고 해서 이 할미가……."

봄이는 아차 싶었는지 말을 멈추었다 다시 말했다.

"내가 건조기에 바싹 말려서 아침에 너 줬잖아."

"응. 근데 이렇게 됐어."

여름과 지나도 다가와 무슨 일이냐고 물었다. 여름은 사물함 안을 들여다본 뒤 물통을 꺼냈다. 물통에 물이 하나도 남아 있지 않았다.

"물통을 제대로 안 닫았나 봐."

체육복 하의는 괜찮은데 상의는 가슴 부분이 젖어 입기 곤란했다.

"으이고, 물통을 잘 세워 뒀어야지."

"그러게. 조심했어야지."

봄과 여름이 잔소리를 했다. 그런데 가을은 분명히 물통을 똑바로 세워 뒀다. 사물함을 닫기 전에 서 있던 물통이 분명히 기억난다.

"어떡해? 체육복 안 입으면 체육 선생님한테 혼날 텐데."

지나의 말에 봄과 여름은 서로 자기 것을 입으라고 했다. 하지만 그럴 순 없었다.

"맞다! 세영이 오늘 생리라서 쉬기로 했어. 세영이 체육복 빌리면 돼."

지나 덕분에 가을은 세영이 체육복을 빌려 입었다.

운동장으로 나가면서 가을은 찜찜한 마음이 쉽게 사라지지 않았다. 누가 가을의 사물함을 열어 본 게 아닐까?

요즘 들어 수상한 일들이 몇 가지 있었다. 엊그제 사회 시간에 가을이 발표하기로 했다. 그런데 PPT를 저장해 둔 USB가 없어졌다. 다이어리 포켓에 넣어 두었는데 다이어리가 통째로 사라진 것이다. 결국 PPT 없이 하는 바람에 가을은 발표를 망쳤다. 사실 발표를 망친 것보다 다이어리를 잃어버린 게 더 속상했다. 신우에게 선물 받은 것이기 때문이다. 그런데 다이어리는 오늘 아침 가을의 책상 위에 놓여 있었다. USB도 그대로 들어 있었다. 어젯밤에는 책을 읽고 있는데, SNS 접속 비밀번호가 틀렸다는 문자가 왔다. 누가 가을의 계정으로 접속을 하려는 것 같아 놀라 비밀번호를 바꿨다.

체육 선생님이 호루라기를 불며 빨리 모이라고 했고 가을과 지나도 뛰었다.

"오늘은 배구랑 농구를 할 거다. 농구할 사람은 오른쪽에 서고, 배구할 사람은 왼쪽으로."

휴는 농구 쪽으로 갔고 신우와 삼계절 자매는 배구쪽으로 왔다. 유정도 배구를 골랐다. 가을은 신우와 함께 파란 팀이 되었고, 봄과 여름, 유정이 빨간 팀이 되었다.

"아, 유정이 팀 됐어야 했는데."

파란 팀이 된 연수가 볼멘소리를 했다. 유정은 모든 운동을 다 잘했다. 혹시 신우도 그렇게 생각할까? 가을은 신우를 바라보며 속으로 말했다. 두고 봐. 가을은 목을 양옆으로 한 번씩 꺾었다.

유정 팀이 먼저 서브를 했다. 공이 코트를 한차례 오갔고 유정이한 공격을 가을이 안정적으로 받아 냈다. 유정의 스파이크가 가을에겐 통하지 않았다. 유정의 독무대가 될 줄 알았던 배구 경기가 가을의 활약으로 양 팀이 팽팽하게 맞섰다.

"난 가을이 네가 이렇게 배구 잘하는지 몰랐어."

쉬는 시간 연수가 팔꿈치로 가을을 툭 치며 말했다. 가을도 몰랐다. 이렇게 자신이 열심히 할 줄 말이다.

다시 경기가 재개되었다. 엎치락뒤치락, 파란 팀과 빨간 팀은 한 점씩 얻고 잃었다. 연수가 공을 받았고 신우에게 리시브했다. 신우가 가을에게 공을 보냈다. 가을은 신우에게 보여 주고 싶었다. 스파이크가 뭔지. 가을이 점프를 한 뒤 온 힘을 다해 공을 쳤다. 가을의 공이 상대 팀 바닥에 떨어졌다.

24 대 24. 양 팀 중 누구든 1점만 먼저 따면 이긴다. 배구에서는 25점을 따야 승리하지만, 만약 24 대 24가 되면 듀스라고 해서 2점 차이가 날 때까지 경기를 계속한다. 하지만 오늘은 25점을 먼저 따는 팀이 이기는 걸로 했다.

가을네 팀이 서브를 넣었고 상대 팀도 공을 놓치지 않았다. 가을 쪽으로 공이 와서 가을이 점프하며 공을 상대 팀 코트로 넘겼다. 여름이 유정 쪽으로 공을 보냈고, 유정이 높게 점프하여 쳤다. 공은 엄청나게 빠른 속도로 가을 쪽으로 날아왔고 피할 새도 없이 이마를 정통으로 때렸다. 펑 소리가 크게 나서 공이 터진 게 아닐까 싶었다. 다행히 공은 터지지 않았지만······.

"25 대 24. 빨간 팀 승!"

반대편 코트에서 빨간 팀 아이들이 좋아서 서로 얼싸안고 방방 뛰었다. 봄과 여름도 아주 신이 났다. 가을은 경기에서 진 것도 속상했지만 공에 맞은 이마가 너무 아파서 별이 다 보일 정도였다.

"가을아, 괜찮아?"

같은 팀 아이들이 다가와 물었다. 가을은 차마 괜찮다고 대답할 수 없었다. 진짜로 많이 아팠으니까. 아픔에 창피함까지 더해져 기분이 별로였다.

가을은 이마를 계속 만지며 교실을 향했다. 1층 현관에서 운동화를 벗고 실내화를 갈아 신는데 유정이 옆에 섰다.

"가을아, 이마 어떡해."

빨갛게 부어오른 가을의 이마를 본 유정은 미안하다며 어쩔 줄 몰라 했다.

"내가 너무 세게 공을 쳤나 봐. 미안해."

유정은 보건실에 가 봐야 하는 게 아니냐고 물었다. 미안해하는 유정을 보니 괜히 가을이 다 미안해질 정도였다.

"괜찮아. 그 정도는 아니야."

유정이 먼저 운동화를 들고 계단 쪽으로 걸어갔다. 그런데 그때 가을은 분명히 보았다. 유정이 한쪽 입꼬리를 들어 올린 채 웃고 있는 것을.

정체

가을은 음악실에 도착한 뒤에야 피아노 악보를 교실에 놓고 온 걸 깨달았다. 오늘 음악 실기 시험을 보는데 악보를 다 외우지 못했다. 가을은 음악 선생님에게 양해를 구한 뒤 교실로 갔다.

교실 뒷문을 여는데 사물함 앞에 유정이 서 있었다. 그런데 유정이 열고 있는 건 다름 아닌 가을의 사물함이었다. 가을이 뭐 하냐고 묻기도 전에 유정은 서둘러 사물함 문을 닫으며 말했다.

"네 사물함 문이 열려 있더라."

유정은 후다닥 가을의 옆을 스쳐 교실에서 나갔다. 가을이 사물함으로 가서 안을 살펴봤다. 사라진 것도 망가진 것도 없었다. 유정의 말이 사실일까? 정말로 사물함 문이 열려 있어서 닫아 주려고 한 걸까? 혹시 지난번 체육복도 유정이가 그런 걸까? 무조건 의심부터 하면 안 되는데 왜 이렇게 찝찝한지 모르겠다.

아, 맞다! 피아노! 가을은 가방에서 악보를 꺼낸 뒤 서둘러 음악실로 갔다.

가을은 그 뒤로 유정이 계속 신경 쓰였다. 처음엔 신우와 친하게 지내는 게 못마땅했지만 생각해 보면 유정이 전학 온 뒤로 의심스러운 일들이 일어났다. 할머니와 엄마에게 말했지만 가을이 신우 때문에 질투하는 거라고 생각했다. 그건 바로 가을이 휴에게 했던 말인데. 유정과 친해진 할머니와 엄마는 유정이 그럴 애가 아니라며 유정 편을 들었다.

사물함 사건 이후로 가을은 유정을 관찰했다. 유정은 운동 신경이 매우 뛰어나고 공부에는 별로 관심이 없었다. 못 먹는 음식은 없었는데 후식으로 나온 곶감 샐러드를 먹지 않았다. 하필 이럴 때 휴까지 없다니. 며칠 전에 휴는 령과 함께 급하게 중국으로 갔다. 수호대원이 호랑족과 다투다가 다쳐 치료와 수습을 위해 떠났다.

수업이 모두 끝난 뒤 가을은 몰래 유정의 뒤를 쫓았다. 유정에게 들키지 않기 위해 미래의 자신으로 변신했다. 진한 화장에 높은 하이힐을 신은 모습으로 변신했는데 영 불편했다.

유정을 따라 버스에 올라탔다. 유정은 여느 아이와 다르지 않았다. 버스를 탄 내내 핸드폰을 들여다보았다.

유정의 집은 학교 근처가 아니었다. 버스를 타고 삼십 여 분이나 더 간 뒤 정류장에서 내려서도 십 분을 더 걸어야 했다. 골목길 끝에

녹색 대문집이 보였고 유정이 그 안으로 들어갔다. 가을은 천천히 집을 둘러봤다. 분명 이 근처에도 학교가 있을 텐데 왜 수석중학교로 전학을 온 걸까?

가을은 휴와 나눈 대화를 떠올렸다. 휴와 령이 중국으로 간다고 해서 그 전날 가을은 할머니, 엄마와 함께 인사를 하러 갔다. 휴는 그날 이상한 말을 했다.

"가을아, 요즘 나 옛날 꿈을 꿔."

"옛날? 야호 되기 전을 말하는 거야?"

가을의 물음에 휴는 고개를 끄덕였다. 휴가 야호가 되기 전에 범과 맞닥뜨린 적이 있는데 그때 령이 와서 휴를 구했다. 수천 년 전 일임에도 불구하고 휴는 그때 일을 또렷이 기억했다. 종종 시간을 뛰어넘는 기억이 있다. 아무리 시간이 흘러도 절대로 잊히지 않는 기억.

"령 누나는 야호가 되기 전에도 어떤 동물보다 용감하고 멋졌어. 그래서 누나가 단군의 일에 나섰을 때 모두 따랐던 거고."

가을은 고개를 끄덕이며 말했다.

"령 님이 야호족을 계속 지켜 줄 거야."

"근데 호랑족 때문에 걱정이야."

"그게 무슨 소리야? 혹시 그거 때문에 령 님과 수수 님이 다툰 거야?"

가을은 입추 모임 때 있었다는 소동을 떠올렸다.

"올해가 오백 년째니까."

가을과 할머니, 엄마가 야호가 된 지도 꼭 오백 년이 되었다. 다른 야호들과 마찬가지로 가을네 세 모녀는 올해가 바뀌기 전에 구슬이 두 배로 늘어날 거다.

야호마다 구슬의 개수는 다 다르다. 본야호 중에 구슬을 수백 개로 늘린 자가 있는 반면 구슬이 생길 때마다 종야호에게 나누어 주어 한 개만 유지하고 있는 자도 있다. 자신의 구슬이 몇 개인지는 오직 자신만 알 수 있다. 령은 많이 나눠 줘서 구슬이 몇 개 없을 거다. 반대로 욕심꾸러기 수수는 구슬을 한 개도 주지 않아 다 갖고 있을 것 같다. 구슬이 많으면 많을수록 구슬을 가진 자의 능력도 늘어나는 것으로 알려져 있다. 호랑족이 야호족의 구슬을 노리는 또 하나의 이유이기도 하다.

"아직 구슬 발현까지 시간이 남았지만 항상 조심해. 언제 호랑족이 우릴 노릴지 몰라."

"하지만 협약을 맺었잖아. 구슬 전쟁 시기 외엔 서로 해치지 않기로 말이야."

가을은 휴의 말이 잘 이해가 되지 않았다.

"규칙이 있는 건 지키는 자 때문이 아니야. 지키지 않는 자 때문이지. 구슬에 눈이 멀어서 구슬 생성 시기가 아닌데도 공격하는 호랑족이 있을 수도 있어. 혹시나 하는 마음에 공격부터 해 보는 거지."

할머니와 엄마는 가을에게 어두운 곳은 다니지 말라고 당부했다. 야호가 된 이후에는 호랑족 몇 명과 맞서도 지지 않을 힘이 생겼기에 한 번도 할머니와 엄마는 가을에게 조심하라는 말을 하지 않았다. 하지만 요즘 들어 갑자기 할머니와 엄마가 가을을 인간처럼 대했다. 구슬 생성을 앞두고 호랑들이 떼로 몰려와 공격할 수 있기 때문이다.

"혹시 그래서 그런 거야? 할머니랑 엄마가 나랑 같이 학교 다니는 것도?"

휴가 고개를 끄덕였다. 낮에는 대체로 안전하지만 혹시 무슨 일이 생길지는 아무도 모른다. 셋이 함께 모여 있다면 서로를 지킬 수 있기에 덜 위험하다. 할머니와 엄마가 함께 학교에 다니게 된 것도 령의 지시 때문이었다.

"수수는 구슬 전쟁을 통해 아예 호랑족을 없애 버려야 한다고 해. 누나는 그럴 수는 없다 하고. 누나는 공격에는 반대해. 방어만 하자는 입장이야. 같이 공격하면 다치는 이가 더 많고, 어쨌든 그들도 한때는 우리의 친구였으니까."

"네 생각은 어떤데?"

"나도 모르겠어. 요즘 호랑족이 크게 인간 세상을 어지럽히지는 않으니까. 하지만 구슬 전쟁을 치를 생각을 하면……."

휴는 말을 아꼈다. 가을은 오백 년 전 밤을 생각했다. 호랑족이 찾아와 세 모녀를 없애려고 한 그 밤. 구슬 전쟁은 그 일보다 더 끔찍할 수 있다. 가을은 구슬 전쟁으로 구슬을 뺏기고 생명이 소멸된 야호만큼은 되고 싶지 않았다.

"령 님은 피해 있어야겠다."

령의 구슬은 환웅에게 받은 첫 구슬이다. 최초의 구슬은 단 하나뿐으로 다른 구슬보다 훨씬 강력하다. 그렇기에 최초의 구슬을 지키기 위해 령은 구슬 전쟁에 참가하지 않는다.

"근데 누나 구슬은 말이지……."

"령 님 구슬이 왜?"

그때 령이 방으로 들어오는 바람에 이야기가 끊겼다. 휴는 령에 대해 무슨 말을 하려고 했던 걸까?

유정네 대문에서 발걸음 소리가 들렸다. 가을은 전봇대 뒤로 숨었다. 문을 열고 나온 사람은 유정이 아니라 젊은 남자였다. 유정의 오빠일까? 남자가 가을의 앞을 지나갔고 가을은 단번에 그 남자가 누군지 알아보았다. 한 번도 입 밖으로 꺼내어 불러 본 적이 없는 그 남자였다.

수학 선생님이 칠판에 문제 풀이를 하고 있지만 가을은 귀에 하나도 들어오지 않았다. 이미 다 아는 내용이기도 했지만 유정이 신경쓰였기 때문이다. 어제 집으로 돌아온 가을은 유정에 대해 생각하고 또 생각했다. 안 그래도 물음표였던 유정 주변으로 물음표가 더 가득 생겼다. 유정이 왜 그 남자와 함께 있는 걸까? 유정은 역시 호랑족인건가? 도대체 왜 나타난 거지? 고개를 돌려 1분단을 바라봤다. 신우 옆에 앉은 유정은 꾸벅꾸벅 졸고 있다. 저 모습 역시 위장일까?

수업 종이 울렸다. 유정은 연신 하품을 하더니 기지개를 한 번 켜

고는 자리에서 일어났다. 유정이 교실 뒷문을 열고 나갔고 가을이 조용히 따라 나갔다.

화장실에서 유정이 나왔다. 가을은 주변을 둘러보고 아무도 없는 걸 확인한 뒤 유정의 목덜미를 낚아챘다. 가을은 유정을 데리고 순식간에 5층 옥상으로 올라갔다.

유정을 바닥에 쓰러트린 뒤 옥상 문을 걸어 잠갔다. 가을이 유정에게 다가갔다.

"이가을, 왜 그래?"

유정이 주저앉은 채 땅을 팔로 짚으며 뒤로 움직였다. 가을이 다가가자 유정은 벌떡 일어나 왼쪽으로 재빠르게 피했다.

"누구야, 너?"

"무슨 소리야? 나는 김유정이지."

가을은 빈틈을 노려 발차기를 날렸는데 유정이 피했다. 운동 신경이 좋은 건 알았지만 역시 보통 사람이라 하기에는 너무 빨랐다. 가을이 중심을 잃고 기우뚱거리자 이번에는 유정이 발차기를 날렸다. 가을이 뒤로 피하는 순간 유정이 문 쪽으로 달렸다. 유정을 이대로 보낼 순 없었다. 가을은 몸을 날리다시피 하여 유정의 어깨를 잡아챘다. 유정도 적극적으로 가을에게 주먹과 발차기를 날렸고 둘은 막고 때리고를 반복했다.

한참을 싸웠지만 가을뿐만 아니라 유정도 전혀 지치지 않았다. 가을은 마음속으로 밧줄을 떠올렸고 가을의 손바닥 위에 하얀 병이 나타났다. 가을이 곧바로 유정을 향해 병을 던졌다. 유정은 양팔을 몸에 딱 붙인 뒤 움직이지 못했다. 밧줄은 실제로 보이지 않지만 웬만한 힘으로는 풀 수 없었다.

가을이 유정의 목을 졸랐다. 위기에 빠지면 정체를 드러내게 되어 있다.

"너 호랑족이지? 네가 그 남자랑 있는 걸 봤어."

유정이 컥컥댔지만 가을은 손에 힘을 더 주었다. 가을의 손 안에 있던 유정이 순식간에 고양이로 변했다. 행동이 어찌나 재빠른지 잡을 수가 없었다. 어? 저 고양이는 그때 가을의 손을 할퀴고 간 그 검은 고양이다! 고양이는 옥상 난간에 섰다. 설마 저기서 뛰어내리려는 걸까?

"여기 5층이라고!"

가을이 소리쳤다.

고양이는 난간 아래와 가을을 번갈아 살펴보더니 다시 가을이 쪽으로 걸어와 유정으로 변했다.

"왜 날 따라다니는 거야?"

"오해하지 마. 난 널 도우려고 온 거야. 곧 구슬 전쟁이 시작되잖아. 삼촌이 네 걱정을 많이 해서 내가 옆에 있겠다고 했어."

가을은 유정이 말하는 삼촌이 누군지 알았다.

"걱정? 웃기고 있네. 나는 그 사람이랑 아무 상관없어. 아니, 그 사람 때문에 내가 죽을 뻔했다고."

가을은 두 주먹을 세게 움켜쥐며 말했다.

"이가을, 너 설마 범녀 님이 고작 협정 때문에 너를 살려 둔 거라고 생각한 거야? 바보냐, 너?"

유정의 물음에 가을은 멈칫했다. 당연히 그런 줄로만 알았다. 야호족과 호랑족은 구슬 전쟁 시기가 아니면 서로 해치지 않겠다는 협정을 맺었으니까. 휴의 말처럼 어기려고 마음만 먹으면 어길 수 있는 게 약속이다. 그럼에도 가을이 무사하다는 건?

"빌어먹을."

가을은 화가 치밀었다. 원하지 않는데 그 사람에게 빚을 졌다. 사는 건 왜 이럴까. 늘 자신의 의지와는 상관없는 일이 벌어진다.

2교시 수업 종이 울렸지만 유정은 털썩 주저앉아 일어날 생각을 하지 않았다. 가을도 그대로 유정의 옆에 앉았다.

"넌 본호랑이야? 아니면 종호랑?"

"종호랑. 삼촌이 나를 살려 줬어. 내 얘기 들어 볼래?"

가을이 고개를 끄덕였다.

"원래 나는 엄마랑 오빠랑 셋이 살았어. 오빠랑 나는 산에서 나무를 베다가 장에 가서 파는 일을 했지. 어느 날 산에서 나무를 하고 있는데 범이 나타난 거야. 오빠랑 나는 이제 죽었구나 싶었지. 범을 만나서 살아남은 사람은 없거든."

"그런데?"

"그 범은 네 발이 아니라 두 발로 걷는 거야. 순간 어떻게든 살아야겠다는 생각에 범 앞에 엎드리고 소리쳤지. 아이고, 큰 형님. 드디어 뵙는군요. 옆에 있던 오빠도 나를 따라 같이 엎드렸지. 난 범에게 말했어. 내가 태어나기도 전에 엄마가 범 사람을 낳았는데 홀연히 떠나버렸다고. 두 발로 걷는 걸 보니 우리 범 형님이 분명하다고. 이렇게 다시 뵈어 얼마나 기쁜지 모르겠다고."

"그걸 범이 믿었어?"

"아니."

유정이 고개를 가로저었다.

"그런데 어떻게 안 잡아먹힌 거야?"

"범은 천연덕스럽게 거짓말하는 내가 너무 웃겼대. 그래서 속아 준 척하고 나랑 오빠를 살려 줬어. 그 이후로 범은 우리 집 앞에 사슴이랑 멧돼지 같은 동물을 잡아다 가져다주었어."

"어? 그 이야기 범 형님 이야기잖아!"

유정은 바로 그 옛이야기 속 주인공이 자신이라고 했다.

"일 년 넘게 그런 생활이 이어졌어. 추운 겨울이었지. 그날 혼자 산을 넘어오는데 산적 떼를 만났어. 그들을 피하다가 절벽에서 떨어졌거든. 이제 죽었구나 싶었는데 범 형님이 눈앞에 보였어. 그런데 범 형님이 사람처럼 보이는 거야. 내가 지어낸 이야기에 빠졌다고 생각했어. 범이 사람이라니 말도 안 되잖아. 숨이 막 끊어지려고 하는데 형님이 묻더라. 살고 싶으냐고, 나 같은 괴물이 되어도 좋으냐고 말이야. 나는 형님의 손을 잡고 말했어. 제발 살려 달라고."

유정은 잠시 숨을 고르고 다시 이야기를 이어나갔다.

"그렇게 종호랑이 되었고 다시는 집으로 돌아가지 못했어. 형님은 내가 나을 때까지 돌봐 주었어. 다 나았을 땐 내가 형님을 붙잡았어. 나를 데려가 달라고. 나를 살렸으니 나를 책임지라고. 이제는 형님을 삼촌이라고 불러."

유정은 열일곱 살이었던 오백 년 전에 호랑이가 되었다. 가을이 야호가 된 해와 같았다. 같은 시기에 둘은 각각 야호와 호랑으로 다시 태어났다.

"형님한테 왜 나를 구했느냐고 물어봤어. 형님이 그러더라. 그 순간 네가 생각났대. 그런데 생각해 보면 나를 살리던 순간에 넌 죽어 가고 있었잖아. 형님은 정말 구해야 하는 사람을 구하지 못한 거지. 정체를 밝힐 수 없어 떠났는데 결국 자기 때문에 넌 죽을 뻔했잖아. 형님은 너를 구하지 못한 게 생애 가장 큰 후회래. 나중에 네 소식을 듣고 나서 참 많이 울었다고 하더라. 난…… 늘 네가 궁금했어. 삼촌 마음에 있는 네가 부러웠어. 체육복이랑 USB는 미안해. 그건 나중에라도 삼촌한텐 말하지 마. 응?"

가을은 유정을 노려볼 뿐 아무 대꾸도 하지 않았다. 역시 유정의 소행이었다.

"삼촌이 네 걱정을 많이 해."

유정은 구슬 전쟁이 끝날 때까지만 이 학교에 다닐 거라며, 그 뒤엔 다른 학교로 전학을 갈 예정이라고 했다. 유정도 가을처럼 오랜

시간을 학생으로 지냈고 앞으로도 그럴 거라고 했다.

"여기까지만. 더 이상 너도 그도 내 일에 관여하지 마. 내 일은 내가 알아서 해."

가을은 유정을 똑바로 바라보며 또박또박 말했고 유정은 그 기세에 눌려 고개를 끄덕였다.

언제까지 옥상에 있을 수는 없었다. 가을은 엉덩이를 털고 일어났다. 옥상을 내려가기 직전 갑자기 생각난 게 있어 유정에게 물었다.

"근데 공부 못하는 것도 다 연기지?"

학교에 그리 오래 다녔다면 몰라도 그렇게 모를 리가 없었다. 유정은 영어 책을 읽다가도 버벅댔고 수학 문제는 거의 풀지 못했다.

"아니, 그건 진짜야. 해도 안 되는 건 안 되더라."

유정의 눈빛은 진짜였다.

초대

가을이 현관문을 열자 다림질이 잘된 하늘색 남방에 흰 면바지를 입은 신우가 서 있었다. 오늘 할머니가 신우에게 밥을 해 주고 싶다며 초대했다. 신우는 많이 긴장한 것 같았다.

할머니가 식사 초대를 했다는 건 그 사람을 진짜 친구로 받아들였다는 의미다. 할머니뿐만 아니라, 엄마, 가을도 '밥'을 중요시 여긴다. '안녕'이란 인사 대신 '밥 먹었어?'라고 묻고, '잘 가' 대신 '다음에 밥 한번 먹자'라고 말하는 건 그냥 하는 말이 아니다. 정말로 옛날에는 밥을 제대로 못 먹던 시절이 있었다. 그래서 밥 먹었냐는 인사는 최대의 안부다. 아직도 가을네 세 모녀는 외출했다 누군가 돌아오면, '잘 갔다 왔어?' 대신 '밥은?' 하고 묻는다.

"이거."

신우는 들고 있던 종이봉투를 가을에게 건넸다.

"뭐야?"

"우리 할머니가 좋아하는 쿠키야. 너희 할머니도 좋아하실 거 같아서."

"고마워. 할머니가 좋아하시겠다."

가을이 신우를 거실 소파로 안내했다.

"내가 너무 일찍 왔나 봐."

"아냐. 할머니랑 엄마도 곧 오실 거야."

엄마는 웹소설 연재 때문에 취재를 갔고, 할머니는 세영, 지나와 함께 영화를 보기로 했다. 할머니가 가을에게도 같이 가자고 했지만 가을은 신우가 저녁 먹기 전 조금 일찍 오기로 해서 거절했다.

덥지 않은데도 신우는 땀을 흘렸다. 가을은 휴지를 한 장 뽑아 신우에게 건넸다.

"뭘 그렇게 긴장했어?"

"그냥 처음 뵙는 거니까."

가을은 빙긋 웃고 말았다. 실은 매일 학교에서 만나고 있는데.

"봄이랑 여름이는 어디 갔어?"

"아, 언니들은 오늘 친구들 만나러 갔어. 둘 다 늦게 올 거야."

가을은 적당히 둘러댔다. 할머니와 엄마는 봄과 여름과 동시에 있을 순 없으니.

"가족사진이네."

"응. 우리 가족이야. 할머니, 엄마, 그리고 봄 언니, 여름 언니, 나."

신우 초대를 앞두고 가을네는 가족사진을 찍었다. 물론 합성을 했다. 신우는 한참 사진을 들여다봤다. 뭐 이상한 게 있나?

"화목해 보인다."

"응."

가을은 신우와 함께 거실 소파에 앉았다.

"참, 휴는 잘 있어?"

휴는 학교에는 중국으로 가족 여행을 간 것으로 되어 있었다.

"응."

어제 가을은 휴와 통화를 했다. 며칠 더 중국에 있다가 령과 함께 돌아오겠다고 했다.

"그런데 너랑 김유정 말이야."

뜬금없이 신우가 유정의 이야기를 꺼냈다.

"김유정이 왜?"

"그게……."

신우는 말을 할지 말지 망설이는 것 같았다. 혹시?

"요즘 둘이 부쩍 친해져 보이더라. 좋은 짝 만나서 다행이야."

가을은 대수롭지 않은 듯 먼저 유정에 대해 이야기했다. 가을은 자신이 둘의 관계를 신경 쓴다는 걸 신우에게 조금이라도 눈치채게 하고 싶지 않았다. 유정의 진짜 목적이 뭔지 알았으니 마음이 놓이기도 했다. 실제로 옥상에서 만난 이후로 가을과 유정 사이에 별 다른 일은 없었다. 엄마와 할머니에게 유정 이야기를 할까 하다가 그만두

었다. 안 그래도 영빈의 일로 힘든 엄마에게 그 남자 일까지 보태고
싶지 않았다. 휴와 렁에게는 한국에 돌아오면 말할 생각이다.

"참 신우야, 아이스크림 줄까? 할머니가 홈쇼핑에서 잔뜩 샀는데
맛있더라고."

가을은 화제를 돌리기 위해 벌떡 일어서 주방으로 걸어갔다.

"어? 그래."

가을은 냉장고 문을 열었다.

"무슨 맛 줄까? 바닐라? 초코? 딸기?"

"초코 맛."

신우가 거실에서 대답했다.

가을은 문득 신우는 왜 '나랑 김유정'이 아니라 '너랑 김유정'이라
고 말한 건지 이상했다. 설레발을 치고 말았다. 기회 봐서 다시 물어
봐야겠다고 생각했다.

가을은 초콜릿 컵 아이스크림 두 개를 가져갔다. 신우에게 숟가락
과 아이스크림 컵 하나를 건넸다.

가을은 처음 초콜릿을 먹었던 때를 기억한다. 화장품이나 장식품
을 파는 할머니와 친한 방물장수가 있었는데 가끔 신기한 먹거리를
가져왔다. 그날 가져온 것은 '초카'였다. 종이를 벗겨 보니 새카만 자
갈 모양이 나왔다. 방물장수는 보기엔 이래도 아주 재밌는 맛이 난다
며 할머니와 가을에게 먹어 보라고 했다. 할머니가 먼저 하나를 집어
입에 넣었다. 할머니의 눈이 둥그렇게 커졌다. 옆에서 가을이 도대체

어떤 맛이냐고 물었지만 할머니는 대답하지 않았다. 가을도 얼른 하나 집어 먹었다. 달다. 아니, 쓰다. 아니, 달다. 한약처럼 쓴맛이 도는데 달았다. 그때 먹었던 초콜릿과 요즘 초콜릿은 맛이 다르다. 요즘 초콜릿이 훨씬 부드럽고 달다. 가을은 신기하게도 처음 먹었던 음식의 맛은 절대 잊지 않았다. 그러고 보면 혀에 기억 장치가 있는지도 모른다.

문득 가을은 지금 이 순간에 먹은 아이스크림 맛을 먼 훗날에도 떠올릴 것 같았다. 가을은 눈을 한 번 깜빡였다. 마치 사진을 찍듯이. 영원히 기억할 거다. 초콜릿 아이스크림을, 그리고 함께 그걸 먹었던 신우를 말이다.

"그런데 너희 집 화분 정말 많다."

"응."

아이스크림을 다 먹고 가을은 신우와 베란다로 나갔다. 엄마가 식물 키우는 걸 좋아해서 베란다에는 화분이 아주 많았다. 작은 화단에는 올망졸망 꽃도 자랐다.

신우에게 꽃 이름을 알려 주고 있는데 가을의 핸드폰이 울렸다. 령이다.

"신우야, 나 잠깐 전화 좀 받을게."

가을은 방으로 들어가 전화를 받았다.

"여보세요."

전화는 지지직 소리만 들리다 끊겼다. 령이 깊은 산에 있다 보니 통신 상황이 좋지 않아 전화 연결이 안 될 때가 많았다. 가을이 다시 전화를 걸었다. 연결이 되지 않는다는 안내 멘트가 흘러나왔다. 한 번 더 통화를 시도하는데 바깥에서 누군가 소리 지르는 게 들렸다. 무슨 일이지?

가을은 급하게 거실로 나왔다.

거실에 할머니가 서 있었고 베란다에 신우가 쓰러져 있었다. 가을은 신우에게로 달려갔다. 신우 몸이 온통 축축하게 젖었다.

"신우 왜 그래?"

가을이 정신 차리라며 신우의 뺨을 톡톡 두드렸다. 가을이 빨리 119를 부르라고 소리 쳤지만 할머니는 멍하니 서 있었다. 보다 못해 가을이 달려가 통화 버튼을 누르려는데 할머니가 말했다.

"봤어. 나를, 봤어."

할머니와 가을은 신우를 들어 침대 위에 눕혔다.

"조심 좀 하지!"

가을은 화가 나 소리쳤다.

"할머니가 오늘 신우 초대했잖아! 그걸 잊으면 어떡해?"

"내일이었잖아."

"토요일이 낫겠다며 할머니가 오늘로 바꿨잖아."

"아, 맞다. 네가 내 나이 돼 봐라. 깜박할 수 있지."

"그 나이 타령. 지겨워, 진짜!"

할머니는 집에 오자마자 봄에서 원래 모습으로 변신했다. 베란다에 있던 신우가 그걸 그대로 지켜보았다. 뒤늦게 다른 사람이 있다는 것을 안 할머니는 놀라서 파란 병을 신우에게 던졌다. 소리를 지른 사람은 신우가 아니라 놀란 할머니였다.

"기억 못 할 거야. 걱정 마."

물의 힘을 지닌 파란 병은 야호가 가진 세 가지 병 중에서 가장 신비로운 힘을 지니고 있다. 신우와 가을네를 보호하기 위해 파란 병이 신우의 기억을 깨끗이 지웠을 것이다.

뒤늦게 집에 온 엄마는 걱정하지 말라며 가을을 달랬다.

삼십 분 정도 지나자 신우가 깨어났다. 신우는 왜 자신이 가을의 침대 위에 있냐고 물었다.

"음, 네가 긴장을 너무 많이 했나 봐. 내가 방에서 나오니까 쓰러져 있더라고. 이제 괜찮아?"

가을이 신우에게 물을 건넸다. 신우는 물을 찬찬히 마셨다.

"우리 할머니랑 엄마 왔어."

"그래? 그럼 인사해야겠다."

신우는 거실로 나가 할머니와 엄마에게 상냥하게 인사를 했다. 다행히 아무것도 기억하지 못하는 듯했다.

"아, 그래. 네가 신우구나."

할머니의 연기가 무척 어색했다. 엄마가 얼른 저녁 준비하라며 할머니를 주방으로 보냈다.

"우리 가을이한테 잘해 준다며? 고마워."

역시 엄마다. 엄마는 연기자 출신답게 여름의 모습을 싹 지운 채 신우를 처음 만난 것처럼 대했다.

드디어 할머니의 요리가 완성되었다. 갈비찜과 잡채, 궁중떡볶이까지 식탁이 가득하다. 할머니와 엄마가 나란히 앉고 그 맞은편에 가을과 신우가 앉았다. 신우는 음식이 맛있다며 연신 감탄했다.

"참 지난번 소풍 때 김밥도 엄청 맛있었어요."

"그래, 그날도 참 맛있게 잘 먹더라."

가을이 발로 엄마의 다리를 쳤다. 엄마까지 실수를 하다니!

"여름이가 너 맛있게 잘 먹었다고 하더라고."

엄마가 얼른 변명했다.

다행히 신우는 엄마의 말에 크게 신경 쓰지 않는 듯했다.

"음식 맛이 정말 고급스러워요."

"내가 수라간에서 요리할 때 칭찬 많이 받았지."

할머니는 추억에 젖어 말했지만 가을은 심장이 쿵했다. 수라간이라니, 왜 자꾸 옛날이야기를 하는 거야. 괜히 오해하게.

"우리 할머니가 수라간이란 식당을 하셨거든."

가을이 얼른 설명했다. 할머니는 진짜로 궁중 요리 전문점을 운영했다. 음식 맛이 좋아서 장사가 꽤 잘되었는데 할머니의 동업자가 할머니 앞으로 잔뜩 빚을 지고 도망갔다.

그 뒤로도 저녁 식사는 긴장의 연속이었다. 아까 일 때문인지 엄마와 할머니는 계속 말실수를 했고, 가을은 수습하느라 진땀을 뺐다.

저녁을 다 먹은 뒤 가을은 신우를 배웅하기 위해 같이 나왔다.

"저기, 가을아."

신우가 가을을 불렀다.

"응?"

"오늘 고마웠다고. 그럼 학교에서 봐."

가을은 손을 들어 신우에게 인사했다.

집에 들어온 가을은 할머니, 엄마와 함께 무사히 위기를 넘긴 것에 안도했다.

다음 날 저녁 신우에게 연락이 왔다. 집 앞이라며 잠깐 나올 수 있냐고 물었다. 가을이 집으로 들어와도 된다고 했지만 신우는 괜찮다고 했다. 가을은 신우를 만나기 위해 밖으로 나왔다.

"무슨 일이야? 내일 학교에서 만날 텐데."

신우의 안색이 좋지 않았다. 어디 아픈가? 혹시 어제 병을 맞은 것 때문에 문제가 생겼나? 가을이 신우 얼굴 가까이 다가가 살폈다. 그런데 신우가 고개를 돌렸다.

"왜 그래?"

신우가 계속 입을 달싹거리다 말했다.

"가을아, 솔직히 말해 줘. 어제 나 꿈꾼 거 아니잖아. 나 봤어. 봄이가 너희 할머니로 변신하는 거."

가을이 헛것을 본 거라고 말하려는데 신우가 다른 말을 했다.

"지난주에 네가 유정이 끌고 옥상으로 가는 것도 봤어. 너랑 김유정……."

가을은 어제 신우가 말하려고 한 '너랑 김유정'의 뜻을 이해했다. 그게 이 뜻이었구나.

"사람이라면 그렇게 빠를 수가 없잖아. 네가 달리기를 잘한다고 해도 그건 너무 빠르니까. 정말 눈 깜짝할 사이에 사라졌어. 아무리 생각해도 이건 말이 안 돼."

신우의 목소리가 떨렸고 가을은 침을 꿀꺽 삼켰다.

"너희들, 도대체 정체가 뭐야?"

장미는 장미

신우가 벤치에서 일어나 터덜터덜 걸었다. 신우의 등이 점점 멀어져 갔지만 가을은 벤치에 그대로 앉아 있었다.

무슨 헛소리를 하는 거야? 우리 할머니랑 엄마가 봄이랑 여름이라고? 둘이 변신을 했다고? 그게 말이 돼? 너 진짜 재밌다.

그렇게 말했어야 했다. 하지만 가을은 거짓말을 할 수가 없었다.

네 말간 얼굴 앞에서 내가 어떻게 거짓말을 할 수 있겠니. 사실 우리는 인간이 아니라고. 네가 한 번쯤 들어본 적 있는 바로 그 여우들이라고. 그런데 사람을 잡아먹는 건 아니라고. 그것만은 절대 아니라고.

신우는 물었다. 너도 봄이랑 여름이랑 같으냐고. 가을은 고개를 끄덕였다. 가을은 부탁했다. 누구에게도 말하지 말아 달라고. 이번에는 신우가 고개를 끄덕였다. 그리고 신우는 일어나 가 버렸다.

집으로 돌아온 가을은 방문을 닫고 들어왔다. 할머니가 저녁을 먹으라고 했지만 점심 먹은 게 소화가 되지 않아 먹지 않겠다고 했다.

엄마가 노크를 하고 들어왔다.

"가을아, 무슨 일 있어?"

"없어. 그냥 피곤해서 그래. 그만 나가 줘."

엄마가 방문을 닫았다. 신우 이야기를 할머니와 엄마에게는 하고 싶지 않았다. 말을 하는 순간 또 다시 가을의 마음이 아릴 테니까.

가을은 할머니와 엄마에게 비밀이 또 생겼다. 유정과 함께 나타난 남자에 대해서도, 신우에 대해서도 말할 수가 없다.

점심때가 다 되었는데도 가을은 계속 잤다. 새벽에 잠이 들기도 했지만 가을은 원래 기분이 좋지 않을 때 잠을 잔다. 잠을 잘 때만큼은 영원할 것 같은 시간이 멈춘 기분이다. 일주일 내내 가을은 학교에 가지 않았다. 학교는 가서 무엇하랴 싶었다.

"가을아."

엄마가 가을을 깨웠다.

"나 더 잘래. 그냥 둬."

"저기 신우가 왔어."

"뭐?"

가을이 눈을 떴다. 바깥에서 할머니와 신우가 대화하는 소리가 들렸다. 할머니는 봄과 여름은 친척 집에 가고 없다고 둘러댔다. 할머니 바보. 신우도 다 알고 있는데.

"잠깐만 기다려 달라고 해."

가을은 옷을 갈아입고 나갔다. 거실에 신우가 서 있었다.

"우린 마트에 가려고."

할머니와 엄마가 장바구니를 챙겨 들고 바깥으로 나갔다.

집에는 가을과 신우, 단 둘이 남았다.

"여름이가……."

신우는 거기까지 이야기하고 잠깐 고개를 갸우뚱했다. 아마도 문자를 보낸 사람이 여름인지 엄마인지 생각하는 것 같았다.

"너 아프다고 해서. 일주일 동안 학교 안 나와서 궁금하기도 하고."

"아냐. 나 괜찮아. 엄마는 괜히 연락을 해서."

가을은 엄마를 굳이 여름이라고 말하지 않았다. 신우도 이미 다 알고 있으니까.

"생각해 보면 이상한 게 많았어. 봄이는 할머니처럼 말하잖아. 봄이랑 여름이가 아무리 쌍둥이 언니라고 하지만 너를 너무 아랫사람처럼 대했어. 게다가 봄이랑 여름이는 너희 엄마, 할머니랑 한 번도 같이 있은 적이 없었어."

신우는 혼잣말하듯 중얼거렸다. 상황을 하나씩 복기하는 것처럼 보였다.

"맞다! 그날도 그랬어. 학부모 참관 수업 있던 날 너희 엄마가 오셨잖아. 그런데 그날 여름이는 결석을 했지."

가을이 그랬었나 하고 생각했다. 학부모 참관 수업에 오는 학부모들은 반에서 3분의 1도 채 되지 않는다. 하지만 엄마는 '학부모' 이름이 들어가는 행사는 다 참석했다.

둘 사이에 침묵이 흘렀다. 먼저 입을 연 건 가을이다.

"너, 내가 끔찍하지?"

"무슨 소리야? 전혀."

신우가 두 손을 내저으며 말했다. 신우는 가을의 눈을 피하지 않고 똑바로 바라봤다. 그걸 보니 거짓말인 것 같지는 않았다.

"나는 네 뒷모습이 점점 멀어지는데 아무것도 할 수 없었어."

가을이 윗니로 입술을 깨물며 말했다. 학교에 가지 않은 며칠 동안 신우의 뒷모습이 계속 생각났다.

"미안해. 먼저 가 버려서. 그날은 너무 당황스러웠어."

"나도 미안해. 속여서 미안해. 사실대로 말해서 미안해."

가을은 다 미안했다.

"가을아."

신우가 가을을 불렀다. 가을은 "응." 하고 대답했다.

"그것 봐. 너는 가을이야. 나는 상관없어. 네가 야호든 뭐든 다 괜찮아. 너는 가을이니까."

"그런데 다음에 나는 가을이 아닐 수도 있어."

가을은 말해 줄 수 있는 건 다 말하고 싶었다. 한때는 두심의 친구였다는 것과 하얀 병의 정체를. 가을의 이야기를 들으며 신우는 눈을 동그랗게 뜨기도 하고 인상을 찡그리기도 했다.

"가을아, 나는 운명 같은 거 안 믿었거든. 그러면 내가 너무 비참해지니까. 사람들은 나랑 할머니를 희생자가 아니라 생존자라고 하는데, 나는 그 말이 싫었어. 엄마 아빠는 죽고 나만 살아남은 게 뭐가 그렇게 떳떳하겠어. 뭐가 그렇게 좋겠어."

신우는 처음 만났을 때와 같은 쓸쓸한 표정을 지었다. 가을은 신우의 마음을 안아 주고 싶어 대신 신우의 손을 잡았다.

"하지만 살아 있어서 너를 만난 거잖아. 고마워, 가을아. 날 살려 줘서."

그 말을 들으니 가을은 눈물이 났다. 신우 앞에서 울고 싶지 않았는데 눈물이 멈추지 않았다. 신우가 휴지를 가져와 가을의 눈물을 닦아 주었다.

"가을아, 나는 네 이름이 달라져도 상관없어. 음, 저 장미 말이야."

신우가 갑자기 베란다 화단에 있는 장미를 가리켰다.

"장미의 이름이 장미가 아니더라도 장미는 아름다울 거야. 장미는 그대로 장미니까."

"뭐야. 그거 셰익스피어가 한 말이잖아."

신우가 들켰다는 듯이 웃었고 가을도 따라 웃었다.

"나는 네가 다시 나를 만나러 오지 않을 줄 알았어."

"가을아, 미안해. 널 보지 못한 일주일 동안 생각하고 또 생각해 봤는데, 널 모르는 예전으로 돌아가고 싶지 않아. 그게 내 마음이야. 앞으로 다시는 내 뒷모습을 보지 않게 할게. 약속해."

신우가 오른손 새끼손가락을 들어 가을에게 내밀었다. 가을도 새끼손가락을 들어 신우의 새끼손가락에 걸었다. 신우의 미소에는 마음이 담겨 있다. 세상 전부가 등을 돌려도 신우만은 가을을 봐줄 거라는 믿음 말이다.

"가을아, 근데 나 오늘 생일이야."

"아, 맞다!"

가을은 책상 위에 놓인 달력을 봤다. 거기 신우 생일을 적어 두었는데 요 며칠 누워만 있다 보니 오늘 날짜가 며칠인지도 몰랐다.

"미안해, 신우야."

가을은 지금이라도 나가서 선물을 사고 싶었지만 신우가 괜찮다고 했다.

"너한테 꼭 주고 싶은 게 있단 말이야."

"나 선물 필요 없어. 음, 선물 대신 나랑 놀이공원 가자."

"놀이공원?"

신우가 피곤하면 다음에 가도 된다고 했지만, 가을은 지금이 아니면 안 될 것 같다는 생각이 들었다.

"가자, 놀이공원."

토요일이라 놀이공원에는 사람이 많았고 인기 있는 놀이기구마다 줄이 길었다.

"가을아, 우리 뭐부터 탈까? 롤러코스터? 아님 바이킹?"

"음."

가을은 표를 사면서 받은 지도를 펼쳤다.

"이거! 여긴 사람 별로 없을 거야."

"정말? 이거 타자고?"

"응."

"그래. 뭐 가볍게 시작하는 것도 나쁘지 않지."

가을은 신우와 회전목마를 타러 갔다. 줄이 길지 않아 오 분도 채 기다리지 않았다. 가을은 회전목마를 좋아한다. 가을이 처음 타 본 놀이기구가 바로 회전목마다. 반짝이는 불빛 아래 하얀색 말들이 뱅글뱅글 돌아가는 회전목마가 정말 아름다웠다. 결국 돌고 돌아 제자리로 돌아오지만 말을 타는 동안에는 다른 세계를 여행하는 기분이 들었다.

"이제 뭐 탈까?

신우의 물음에 가을은 4D극장에 가자고 했다. 연속으로 4D극장 세 곳을 들렀다.

"저기, 가을아. 우리 롤러코스터는 안 타?"

신우가 가을의 팔을 잡으며 물었다.

"아, 그게 말이지."

가을은 신우를 바라보는 대신 주변을 두리번거렸다.

"너, 설마 롤러코스터 못 타?"

가을은 딴청을 피우다가 결국 고개를 끄덕였다. 대부분 야호들은 높은 데를 무서워하지 않는다. 하지만 가을은 비행기 타는 것도 무서워서 비행기에 타면 바로 잠을 잔다.

"나 고소공포증 있어. 그래서 높은 데 못 올라가."

"말도 안 돼. 너는 야……."

신우는 '야'까지 말하고 말았다.

"그러게 말이야. 나도 좀 이상하다고 생각해."

"네가 무서우면 안 타도 돼. 진작 말하지."

가을과 신우는 추러스를 하나씩 손에 들고 바이킹이 보이는 벤치에 앉았다.

"근데 가을아, 나 궁금한 거 있는데."

"뭔데?"

"그럼 너는 계속 열다섯 살이야? 정말 나이를 먹지 않아?"

가을은 고개를 끄덕였다.

"너도 변신할 줄 알아? 봄, 여름, 아니 너희 할머니나 엄마처럼?"

"응. 근데 에너지가 많이 들어서 잘 안 해. 할머니랑 엄마는 나 때문에 변신해서 학교 다니는 거야."

"왜?"

"좀 복잡한 일이 있어."

가을은 어깨를 쓱 들어 올렸다가 내렸다.

"물어봐서 미안해. 네가 불편하면 이제 안 물어볼게."

"아냐. 궁금한 건 물어봐도 돼. 대답할 수 있는 건 해 줄게."

신우는 궁금한 걸 참고 있는 것처럼 보였다. 언젠가 신우에게 모든 걸 말해 줄 수 있는 날이 올까? 가을은 신우와 거리가 생기는 게 싫었다.

"저거, 타자."

가을은 맞은편 바이킹을 가리켰다.

"난 괜찮아, 가을아. 무리해서 안 타도 돼."

"갑자기 타고 싶어졌어. 그리고 지금 줄도 짧아졌잖아."

가을이 벤치에서 일어나자 신우도 따라 일어섰다.

어쩌다 보니 가을은 신우와 함께 바이킹 맨 뒷자리에 타게 되었다. 뒷자리가 가장 무섭다고 했는데!

바이킹이 천천히 움직였다. 그러다 갑자기 뒤로 획 올라갔다. 가을이 저도 모르게 신우의 손을 꽉 잡았다. 가을의 심장이 콩콩대며 빠르게 뛰었다. 심장이 터질 것 같은 게 바이킹 때문인지 신우와 손을 잡았기 때문인지 모르겠다.

가을과 신우는 문을 닫는 시간까지 놀이공원에서 놀았다.

"고마워, 가을아. 내 생일 같이 보내 줘서."

신우의 말을 듣고 가을이 빙그레 웃었다. 가을도 잊지 못할 만큼 오늘 하루가 즐거웠다. 가을에게 있어 오늘 하루는 달콤하고 쫄깃한 추러스 같았다.

둘은 버스 정류장으로 갔다. 가을도 신우도 놀이공원의 고양이 캐

릭터로 만든 머리띠를 빼지 않았다. 놀이공원을 나오면 빼야지 싶었지만 가을은 그러지 않았다. 이 머리띠를 하고 있으면 오늘의 기분이 사라지지 않고 계속 머물 것 같았다.

신우네 집으로 가는 버스가 먼저 왔지만 신우는 타지 않았다.

"너한테 뒷모습을 안 보이기로 약속했잖아."

이번에는 가을의 집으로 가는 버스가 왔다. 가을은 좌석에 앉자마자 창밖을 내다보았다. 신우가 가을을 향해 손을 흔들고 있었다.

가을이 집으로 돌아왔을 때 집 안 분위기가 무척 이상했다.

"무슨 일…… 있어?"

가을은 거실 소파에 앉은 할머니와 엄마에게 다가갔다. 할머니와 엄마는 꼼짝도 하지 않았다.

"왜 그래?"

가을의 몸이 덜덜 떨렸다. 무슨 일이 생긴 게 분명하다.

탁자 위에 엄마의 핸드폰이 놓여 있다. 엄마가 무언가를 보고 있었던 것 같다. 가을은 엄마의 핸드폰을 들어 화면을 켰다. 뉴스 영상이다.

가을은 얼른 재생 버튼을 눌렀다.

"한국 토종 백여우가 백두산에서 사체로 발견되었습니다. 천연기념물로 지정되었지만 마지막으로 나타난 게 삼십 년 전이라 멸종이라 판단했는데, 아직 남아 있었습니다."

화면은 기자의 얼굴에서 백여우로 옮겨갔다. 백여우 오른쪽 다리에 흉터가 있다. 오백 년 전 덫에 걸렸을 때 생긴 흉터다.

"아악!"

가을이 무릎을 꿇고 앉으며 소리를 질렀고 집 안 전체의 전등이 펑펑 소리가 나며 터져 버렸다.

4부

구슬 전쟁

구슬의 무게

야호들이 손을 써 중국에 보관 중인 령의 사체를 가져왔다. 령의 장례식이 있었지만 가을은 참석하지 못했다. 다른 야호들의 부탁 때문이었다. 호랑족과 관련된 가을은 참석하지 않았으면 좋겠다는 뜻을 전해 왔다.

동굴 속에 갇힌 것처럼 가을은 방에서 한 발짝도 나오지 않았다. 잠을 자고 또 잤다. 눈을 뜨면 령 생각만 났다. 할머니와 엄마, 휴가 돌아가며 가을을 보러 들어왔다. 셋은 그동안의 소식을 전해 주었다. 가을은 침대에 누운 채 눈을 뜨지 않고 입도 열지 않았다. 긴 잠에 빠진 것마냥 지냈다.

"신우가 왔어."

여러 번 할머니와 엄마가 그 말을 했다. 가을은 아무 반응도 보이지 않았다.

"신우가 갔어."

잠결에 가을은 그 말도 여러 번 들었다.

"언제까지 이러고 있을 거야?"

휴가 버럭 화를 냈다. 여전히 가을은 꿈속에 있다. 이대로 영영 잠들어 버리면 얼마나 좋을까.

"그만 좀 일어나. 벌써 한 달이나 지났다고!"

휴가 가을을 흔들어 깨웠다. 가을은 눈을 제대로 뜨지 못했다. 몸도 축 늘어져 스스로 가누지 못했다.

"정신 좀 차려. 너 이러다가 나처럼 된다고."

한때 휴는 체념증후군에 빠진 적이 있었다. 인간과 사랑에 빠졌던 휴는 자신의 정체를 밝혔다가 끔찍한 괴물 취급을 받았다. 그때 휴는 십 년 이상 깨어 있지만 깨어 있지 않은 상태로 지냈다. 나중에 휴는 그때가 전혀 기억나지 않는다고 했다. 가을은 차라리 그렇게 지내는 게 나을 듯싶었다.

"제발 일어나. 네가 이러고 있는 거 알면 령 누나가 어떻겠어?"

"령 님…… 없잖아."

가까스로 가을은 그 말을 내뱉었다. 한 번도 상상하지 못한 일이 벌어졌다. 령이 없다는 건 있을 수 없는 일이니까. 어떻게 령이, 다른 이도 아닌 령이 이 세상에서 사라질 수 있을까. 령은 종종 영원한 건 없다는 말을 했다. 사랑도 우정도 돈도 영원하지 않다. 그래도 령

만큼은 영원할 줄 알았다. 세상이 끝나도 령만큼은 남을 줄 알았다.

가을은 간신히 몸을 일으켰다.

"호랑족이지? 령 님 그렇게 만든 거."

휴가 고개를 끄덕였다. 령을 쫓던 호랑족이 공격했다. 섣부른 욕심 때문이었다.

"령 님 구슬을 노린 거야?"

"응."

"령 님 구슬은 특별하잖아. 그게 있는데 어떻게 호랑족에게 당할 수 있어?"

령이 가진 구슬에 대해 가을도 여러 이야기를 들었다. 최초의 구슬은 호랑족 수백 명이 덤벼도 이길 수 있는 힘이 있다고 했다.

"최초의 구슬, 누나한테 없었거든."

"그럼, 그게 어디 있는 건데?"

령은 자신의 구슬을 종야호들에게 나누어 주었다. 설마 최초의 구슬까지 주었다는 건가?

가을은 침을 한 번 꿀꺽 삼켰다.

"설마…… 령 님의 구슬이 나한테 있다는 거야?"

휴가 아니라고 말하길 제발 아니라고 말하길 가을은 간절히 바랐다. 하지만 휴는 고개를 끄덕였다.

"응."

"도대체 왜…… 도대체 그걸 왜 나한테 준 거야?"

"그냥 구슬로는 너를 살릴 수 없었대."

가을은 심장이 몹시 아팠다. 누군가 가을의 심장을 콱 움켜잡고 있는 것만 같았다.

내가 죽었어야 했는데. 나 대신 령 님이 죽은 거야.

가을은 그제야 령의 죽음이 이해가 되었다. 최초의 구슬이 있었다면 그렇게 쉽게 호랑족에게 당하지 않았을 거다.

가을은 소리를 내지도 못한 채 울었다. 대체 구슬이 뭐길래. 가을은 그 구슬을 한 번도 느낀 적도 본 적도 없다. 야호들을 통해 들었을 뿐이다.

령 님, 왜 그런 거야. 왜 나를 살린 거야. 나 따위 모른 척해 버리지.

가을이 너무 구슬프게 울어서 휴도 가을을 그냥 내버려 둘 수밖에 없었다. 어찌 울지 말라고 할까. 어찌 슬퍼하지 말라고 할 수 있을까. 가을은 세상을 전부 잃은 것처럼 울고 또 울었다.

가을은 정신이 혼미해질 정도로 울다가 쓰러져 버렸다. 휴가 정신을 차리라며 가을을 깨워 얼음물을 마시게 했다.

"가을아, 내 말 잘 들어. 이제 곧 너에게 붉은 기운이 돌기 시작할 거야. 그러니 숨어야 해. 이건 본야호들의 결정이야. 아직 호랑들은 최초의 구슬이 너에게 있는지 몰라. 누나가 구슬을 준 야호가 너만 있는 건 아니니까. 너까지 잃을 순 없어. 잠시만 숨어 있으면 돼. 제발 가을아, 제발."

휴가 무릎을 꿇은 채 가을의 손을 꼭 잡고 말했다. 호랑족이 노리는 건 가을이 가진 최초의 구슬이다. 구슬을 받은 지 오백 년의 시간이 흐르면 구슬을 가진 자만이 볼 수 있는 붉은 기운이 야호에게 생긴다. 해가 바뀌는 음력 1월 1일을 전후로 붉은 막은 짧게는 하루에서 길게는 일주일 이상씩 유지된다. 그때가 지나면 다시 오백 년이 될 때까지 기다려야 한다. 휴는 구슬 전쟁이 끝날 때까지 가을이 숨어 있을 곳을 마련했다고 했다.

"여기 있으면 안 돼."

휴가 간절하게 말했다. 가을은 초점 없는 눈으로 앞을 바라볼 뿐이다.

"이거 누나 방에서 찾았어."

휴가 가을에게 작은 병을 내밀었다. 병에는 '서희'라고 적혀 있었다. 가을이 병을 손에 꼭 쥐자 령의 목소리가 들렸다.

서희야, 네가 이걸 받았을 때는 모든 것을 알았을 때겠지? 나는 이 시간이 되도록 천천히 오길 바랐는데 이렇게 와 버렸구나. 시간이 참 길다고 여겼는데 돌아보니 그렇지 않네. 너를 만나 나는 또 새로운 삶을 살았고 그 시간이 더없이 좋았어. 그렇기에 구슬을 너에게 준 걸 난 단 한 순간도 후회한 적 없어. 서희야, 나는 구슬과 함께 항상 너와 같이 있을 거야. 그러니 부디 삶을 이어가 주렴.

령의 음성이 멈춘 뒤에도 가을은 한참 동안 병을 그대로 들고 있었다. 옆에 있던 휴가 조심스럽게 말했다.

"누나는 네가 무사하길 바랄 거야. 그러니 제발 가을아……."

령 님이 원하는 게 그거라면 그리해야지. 가을은 일단 숨어 있기로 결심했다.

"갈게, 그곳으로."

가을이 떠날 준비를 하는데 엄마가 방으로 들어왔다.

"수수가 왔어. 너에게 할 말이 있대."

가을은 긴장했다. 령의 죽음에 대해 책임을 물으러 온 걸까. 엄마에게 잠시 기다려 달라고 말한 뒤 옷을 갈아입었다. 단정하게 차려입고 수수를 만나고 싶었다.

거실로 나갔을 때 수수만 있었다. 엄마와 할머니는 어디로 간 거지? 가을이 수수에게 인사를 하자 수수가 입을 열었다.

"너와 단둘이 이야기하고 싶다고 내가 둘에게 부탁했어."

"네."

가을은 수수와 단둘이 있는 게 무척 낯설었다. 수수는 항상 가을을 못 본 척하거나 무시했으니까. 오백 년 동안 두 마디 이상 대화를 나눠 본 적이 없다. 가을은 이제까지 그랬듯 수수의 얼굴을 제대로 쳐다보기가 어려웠다.

"어찌 지냈니?"

"뭐 그냥요."

"장례식에 못 오게 한 건 어쩔 수 없었어."

"네. 이해해요."

이해한다고 받아들인다는 말은 아니다. 머리와 마음은 별개니까. 하지만 가을은 감정을 드러내지 않았다.

"학교는 쉬고 있다고 들었다."

"네."

안부를 물으러 온 건 아닐 텐데. 의미 없는 대화가 오갔다.

"령의 구슬이 너에게 있잖니."

역시 그것 때문이었다. 가을은 '왜, 빼서 드릴까요?'라고 말하려다가 말았다.

"우린 네 힘이 필요해."

"원하시는 게 뭔데요?"

가을은 쏘아붙이듯 물었다. 굳이 가시를 숨기고 싶지 않았다. 당신을 찌르지 않으면 내가 찔릴 테니까.

"곧 야호들이 한곳에 모일 거란다. 너도 우리와 같이 했으면 좋겠다."

가을은 아무 말도 하지 않았다. 수수도 가을이 떠날 계획을 알고 있었다.

"저는 싸우고 싶지 않아요. 령 님도 그걸 바라지 않았고요. 저에겐 최초의 구슬을 지켜야 할 의무가 있어요."

가을은 최대한 차분하게 말했다.

"령도 구슬 전쟁이 있을 때 숨는 걸 괴로워했어. 본야호들이 원했기에 따랐을 뿐이라고."

령은 우두머리였지만 자기 뜻을 고집하지 않았다. 늘 본야호들의 이야기에 귀를 기울였다.

"잘 생각해 보렴. 최초의 구슬로 야호들을 지킬 생각을 해야지. 호랑족이 세상을 지배하게 되면 인간들도 무사하지 못할 거야. 차라리 이번 기회에 호랑족을 싹 다 없애자. 그렇지 않으면 우리 야호가 위험하다고. 네 동족들이 죽어 나가는 걸 보고 싶은 건 아니겠지?"

수수의 말에 가을은 코웃음을 쳤다.

"저를 야호로 인정한 적 없으시잖아요. 이제 와서 동족이라니요."

가을은 야호들 사이에서 겉돌았던 지난 시간을 떠올렸다.

"저는 이 싸움에 휘말리고 싶지 않아요."

가을이 딱 잘라 말했고 수수가 매섭게 가을을 노려봤다.

"애초에 너는 최초의 구슬을 가질 자격이 안 됐어."

지겹다, 그 자격 타령. 호랑족의 피가 흐른다며 가을을 철저하게 외면했던 이들이 누구였던가.

"저는 구슬 전쟁에 참여하지 않을 거예요. 최초의 구슬을 지킬 의무가 제겐 있어요. 그러니 더 이상 저를 찾아오지 마세요."

가을은 강하게 뜻을 전달했다. 수수는 가을의 태도에 당황한 것 같았다.

쳇, 내가 언제까지 당신 앞에서 벌벌 떠는 어린 야호인 줄 알았어.

가을은 똑바로 수수의 눈을 바라보았다. 그때 현관문이 열리면서 휴가 들어왔다.

"수수, 네가 여긴 왜 왔어?"

휴가 묻자 수수는 그냥 인사차 왔다고 둘러대고 서둘러 자리를 떴다.

"엄마와 할머니가 너한테 연락한 거지?"

"응. 너, 수수 말 듣지 마. 알았지?"

휴는 이미 수수가 가을을 찾아온 이유를 알았다.

"그런데 다른 야호들이 위험해지면 어떡해?"

가을은 수수의 말이 신경 쓰였다. 구슬 전쟁에서 분명 다치는 야호들이 생길 것이다.

"그건 나머지 야호들이 알아서 할 거야. 너는 너만 신경 써."

휴는 별탈 없이 넘어간 해도 있다면서 가을에게 걱정하지 말라고 했다.

"최초의 구슬을 꼭 지켜야 해. 최초의 구슬은 야호 전체의 힘이라고. 수수 말 듣지 마."

가을이 고개를 끄덕였다. 령은 그 대단한 최초의 구슬을 왜 가을에게 준 걸까. 가을을 살리기 위한 순간의 선택이었겠지.

가을은 제 몸 안의 구슬이 너무나 무겁게 느껴졌다.

사라진 아이

휴에게 연락이 왔다. 모든 준비가 끝났다며 내일 새벽 다섯 시에 데리러 온다고 했다. 호랑족이 가장 활발히 움직이는 시간이 새벽 세 시부터 다섯 시까지다. 새벽 다섯 시가 지나면 호랑족의 기운이 약해진다.

휴가 세운 계획은 이렇다. 가을네 세 모녀와 다른 야호 셋이 서로로 둔갑을 하여 움직인다. 가을네 세 모녀로 변신한 야호 셋은 삼계절 자매가 되어 학교를 다닐 예정이다.

"짐 다 챙겼니?"

할머니가 방으로 들어와 물었다.

"챙길 게 별로 없어."

"그치. 거기 다 있다고 하니까."

가을은 셀 수 없이 이사를 다녔다. 이사 다닐 때마다 짐을 최소한으로 챙기는 게 습관이 되었다. 짐은 미련일 뿐이다.

"할머니, 우리 다시 돌아올 수 있겠지?"

"그럼. 붉은 막만 사라지면 괜찮다고 했잖아."

"다시 여기로 올 거야?"

"그건 생각해 봐야지."

가을은 고개를 돌려 제 방을 둘러봤다. 이 집으로 온 지 일 년이 채 안 된다. 결코 긴 시간이 아니다. 언젠간 이곳에서의 시간이 기억조차 나지 않겠지.

"학교 친구들이 우리라고 믿겠지?"

"그럼, 내가 봐도 나 같은데……."

야호 셋은 가을네 세 모녀를 그대로 흉내 냈다. 마치 거울을 보는 것 같다는 착각이 들 정도로 외모뿐만 아니라 말투와 행동도 똑같았다. 가을이 초조할 때 양 엄지손톱으로 검지 끝을 꾹꾹 누르는 것, 엄마가 웃을 때 눈 모양이 반달이 되는 것, 할머니가 호들갑스럽게 말하는 것도 똑같았다. 역시 야호의 둔갑술은 뛰어나다. 다들 가을이라 믿겠지. 여름이라 믿겠지. 봄이라 믿겠지. 그런데 신우도 그럴까. 가을은 신우만은 속이고 싶지 않았다.

"할머니, 나 신우 좀 만나고 오면 안 될까?"

"안 돼. 절대 외출하지 말라고 했잖아. 네 엄마도 허락 안 할 거야."

"하지만 신우는 꼭 만나야 할 것 같아. 제발. 다른 사람도 아니고 신우잖아, 할머니."

가을이 간절하게 부탁했다. 신우라는 말에 할머니가 흔들렸다. 할머니는 그러면 자신으로 변신해 나가라고 했다.

가을은 할머니 모습으로, 할머니는 가을의 모습으로 변신했다.

가을이 엄마 방으로 갔다. 엄마는 컴퓨터로 글을 쓰는 중이었다.

"나 산책 좀 하고 오마."

엄마는 고개를 들어 한 번 본 뒤 "응, 엄마."라고 말했다.

가을은 조심조심 문을 닫고 바깥으로 나왔다.

신우 집 앞에 도착한 뒤에 가을은 원래 모습으로 돌아왔다. 오는 길에 신우에게 메시지를 보냈지만 신우는 확인을 하지 않았다. 무슨 일이 있는지 전화도 받지 않았다. 하는 수 없이 신우 집 벨을 눌렀다.

문을 열고 두심이 나왔다.

"안녕하세요. 저는 신우 친구 가을인데요."

"어, 그래."

두심이 가을을 반겨 주었다. 두심은 신우와 가을이 친한 걸 알고 있었다.

"그런데 신우는?"

"네?"

가을은 순간 머리가 멍했다. 왜 가을한테 신우에 대해 물어보는 거지?

"아까 너랑 같이 나갔잖아. 내일 학교에서 쓸 준비물 사러 간다며? 근데 신우는 어딨어?"

"아, 신우 아직 안 왔군요."

가을은 좀 전에 신우와 헤어졌는데 신우가 가을이 준비물까지 가지고 가 버려서 찾으러 왔다고 둘러댔다.

"그럼 들어와서 기다리렴."

"아니에요. 내일 학교에서 받으면 돼요."

가을은 고개를 숙여 인사를 한 뒤 돌아섰다.

문이 닫히는 소리가 들렸고 가을은 주저앉았다. 심장이 쿵 하고 내려앉았다. 신우가, 신우가 사라졌다.

누가 가을로 변신한 거지?

가을은 두심의 말을 확인할 필요가 있었다. CCTV를 보면 알 수 있겠지. 우선 아파트 관리소로 갔다. 문을 열고 나오는 직원이 있어 가을은 그 사람으로 변신한 뒤 관리소 안으로 들어갔다.

"소장님, 퇴근하신 거 아니셨어요?"

"어, 확인할 게 좀 있어서."

가을은 CCTV를 볼 수 있는 모니터 앞으로 갔다.

"여기 302동 CCTV 좀 볼 수 있을까? 그 앞에 세워 둔 자전거가 사라졌다고 민원이 들어와서 말이야."

직원은 또 자전거 도난 사건이냐며, 이 달 들어 벌써 몇 번째인지 모르겠다고 투덜대면서 CCTV 영상을 틀어 주었다. 302동에서 신우와 함께 나오는 사람은 분명히 가을이다. 도대체 누가 변신한 거지?

가을은 관리소에서 나와 급하게 휴에게 연락했다. 휴에게 자초지

종을 설명했다. 휴는 우선 당장 집으로 들어가라고 했다.

"신우 어떻게 해? 호랑족이 데려간 걸까?"

"내가 어떻게든 찾아볼게. 그들이 널 보면 안 되니까 얼른 집으로 가."

가을은 그대로 집으로 갈 수 없었다. 호랑족이 신우를 데리고 갔다면 그 일을 벌인 게 누군지 짐작이 갔다.

가을은 유정을 찾아갔다. 문을 열고 나오는 유정은 얼굴이 멍들고 퉁퉁 부어 있다. 하지만 지금 가을이 그걸 신경 쓸 상황이 아니다.

"신우 어디로 데려갔어?"

가을은 유정의 팔을 콱 움켜잡으며 물었다.

"무슨 소리야? 신우가 뭘?"

유정은 딱 잡아뗐다. 전혀 모르는 듯 연기하는 게 아주 끝내줬다.

"남자랑 네가 한 짓이지? 내 주변을 얼쩡거린 이유가 이거였어? 남잔 어딨어?"

가을은 당장 신우를 찾고 싶었다. 어쩌면 이 집에 데리고 있는지도 모른다.

"삼촌은 잡혀 갔다고."

"대체 그게 무슨 소리야?"

"그분의 사고 이후로 이쪽도 일이 있었어. 호랑족 모두가 구슬 전쟁에 찬성한다고 생각하지 마. 삼촌은 우리가 인간을 지배해야 한다고 생각하지 않아. 함께 살아가야 하지 누가 누구를 지배하는 건 말이 안 되니까."

이건 령이 말한 것과 같았다.

"삼촌이 반대 세력이라는 게 들통 나 범녀 님이 가뒀어. 그런데 신우를 데려갔다니?"

가을은 유정을 똑바로 바라봤다. 정말 모르는 걸까 아니면 모르는 척하는 걸까.

유정은 가을의 옆에 바짝 다가선 뒤 귀에 대고 말했다.

"그들은 아직 몰라. 네가 최초의 구슬을 가지고 있다는 걸."

가을은 너무 놀라 유정의 팔을 놓고 말았다. 이번에는 유정이 가을의 왼팔을 살며시 잡았다.

"걱정하지 마. 그걸 알고 있는 건 나랑 삼촌뿐이니까. 삼촌이 너에게 날 붙인 건 그분의 부탁이었어."

지금 유정은 무슨 말을 하고 있는 거지? 그분이라니? 가을의 팔을 잡은 유정의 손에 힘이 들어갔다.

"그분이 그리 되었다니 몹시 유감이야. 그런데 그분이 삼촌한테 그러셨대. 호랑족과 야호족이 함께 구슬 전쟁을 끝내야 한다고. 전쟁을 막을 방법이 있을 거야. 함께하자."

가을은 유정을 뿌리쳤다.

"헛소리 다 집어 쳐. 나는 너희 호랑족 안 믿어."

가을은 뒤돌아선 뒤 빠르게 달렸다. 유정은 정말 신우의 행방을 모르는 걸까? 유정이 한 말은 진짜일까? 령은 도대체 왜 저들을 찾아

190

간 거지? 물음은 꼬리에 꼬리를 물고 계속 이어졌다.

휴에게 전화가 왔다. 지금 어디냐며 당장 집으로 오라고 했다.

령의 최초의 구슬을 지켜야 한다. 붉은 막이 사라질 때까지만 피해 있으면 된다. 하지만 그때까지 신우는 무사할 수 있을까? 신우를 찾아야 한다. 신우를 구해야만 한다.

가을은 집으로 향하던 발걸음을 멈췄다.

수수. 수수가 떠올랐다.

지금 가을을 도와줄 수 있는 사람은 수수밖에 없었다.

훈련

　구슬을 느끼는 일은 생각만큼 쉽지 않았다. 몸 안에 있다고 하는데 사실 지난 오백 년간 한 번도 느껴 본 적이 없다. 가을은 구슬이 도대체 어디 있는지 모르겠다고 말했을 때 수수가 지었던 표정이 떠올랐다. 이제까지 수수가 가을을 무시한 표정을 다 합쳐도 부족할 것 같았다.

　가을은 눈을 감았다.

　눈을 감고 집중을 하면 구슬이 떠오른다. 파란 빛이 도는 투명한 구슬. 구슬을 오른쪽으로 돌리는 상상을 하면 구슬이 그 방향으로 돌아간다.

　"자, 이번에는 위로 올린다고 상상하렴."

　가을은 수수가 시키는 대로 했다. 처음에는 구슬이 무겁게 느껴져 움직이기 어려웠는데 이젠 제법 구슬을 자유자재로 움직일 수 있다.

"조금 더 집중해. 구슬을 느껴 봐. 그러면 구슬이 네 생각대로 반응할 거야. 구슬은 네 몸 속에 살아 있어."

만져지지도 않는 구슬이 살아 있다니 이상하다. 수수는 구슬을 느끼지 못한 채 어떻게 둔갑술을 부릴 수 있냐며 오히려 가을을 이해하지 못했다. 가을은 령이 알려 준 대로 했을 뿐이다. 야호로서 부렸던 둔갑술이 구슬의 힘이라고는 생각하지 않았다. 가을이 그 말을 하자 수수는 "너 바보니?"라고 타박했다. 이제까지 가을은 둔갑은 둔갑이고 구슬은 구슬이라고 둘을 별개로 여겼다.

"구슬이 있으니까 둔갑을 할 수 있는 거잖아. 그런데 구슬을 느끼지 못했다는 게 말이 돼?"

"전 그랬다고요."

"그건 뇌 없이 생각했다고 말하는 거랑 같은 뜻이야. 뇌가 있으니까 생각을 하는 거잖아."

그때 수수가 제 머리를 손가락으로 짚으며 말했다. 그리고 가을은 혼잣말로 아주 작게 "네, 제가 뇌가 없는 걸로 해요." 하고 대답했다.

"자, 오늘은 여기까지 하자."

웬일로 수수가 오늘 훈련을 일찍 마치자고 했다. 내일은 구슬의 힘을 사용할 주문을 외우는 법을 알려 주겠다고 했다.

"씻고 나와. 저녁 준비해 놓을 테니까."

구슬을 다스리는 훈련은 몇 시간이고 초집중을 해야 한다. 훈련이 끝나고 나면 온몸이 땀범벅인데 신기한 건 훈련을 마치고 나면 오히려 몸이 지치기보다 활성화되는 기분이다.

가을은 욕실에서 나와 곧바로 주방으로 갔다. 고소한 고기 냄새가
가득했다.

"우아, 고기다!"

가을이 코를 벌렁거리며 식탁에 앉았다. 수수가 수북이 고기가 쌓
인 접시를 가을 앞에 놓아 주었다.

"웬일이래요? 수수님이 고기를 다 구워 주고? 혹시 여기 독 탄 거
아니에요?"

"먹지 마, 그럼."

수수가 고기 접시를 가져가려고 해서 가을이 얼른 접시를 잡았다.

"야박하게 또 왜 그래요? 매일 풀만 주다가 고기 나오니까 놀라서
그렇죠."

이제 가을은 수수와 농담도 주고받을 정도가 되었다.

신우가 사라진 것을 알게 된 뒤 가을은 곧바로 수수를 찾아갔다.
신우를 구하고 싶다고 하자, 수수는 그러기 위해서는 호랑족을 만나
야 한다고 했다. 수수가 말한 그 방식으로. 가을은 고민하지 않았다.
신우를 구하지 못한다면 사는 게 무슨 의미가 있으랴. 할머니와 엄
마, 휴는 반대했다. 휴가 찾아와 수수와 싸우기도 했다. 하지만 가을
의 뜻을 막을 수는 없었다.

결국 가을은 휴가 마련한 곳에는 가지 않았다. 할머니와 엄마는
봄과 여름으로 지내고 있고 가을 역할을 해 주는 야호만 있을 뿐이

다. 신우 역할도 야호가 하고 있다. 수수는 신우를 실종된 상태로 두
면 나중에 신우가 돌아왔을 때 문제가 복잡해질 거라며 야호가 신우
로 변신해서 지내는 게 어떻겠냐고 했다. 가을은 그렇게 하는 데 동
의했다. 신우는 자신이 반드시 찾아낼 테니까. 그러니까 지금 학교에
는 가짜 가을과 가짜 신우가 다니고 있는 셈이다.

할머니와 엄마에게 매일 연락이 온다. 둘은 언제라도 그만두고 돌
아와도 된다고 했다. 휴는 휴 나름대로 신우를 찾기 위해 호랑족을
찾는 중이라고 했다.

식사를 마친 뒤 가을은 설거지를 하겠다고 했다. 매번 식사를 준
비해 주는 수수가 조금은 고마웠다.

"당연히 그래야지."

수수는 그릇을 개수대에 올려놓은 뒤 식탁에서 일어났다. 하여튼
수수는 말을 참 얄밉게 한다.

설거지를 마친 가을은 거실로 나갔다. 창밖으로 테라스에 앉아 있
는 수수가 보였다. 가을은 문을 열고 테라스로 나갔다. 수수는 와인
을 마시는 중이다.

"한 잔 마실래?"

"아뇨. 저 술 못 마셔요."

"그거 안타깝네."

수수가 가을의 몸을 위아래로 훑어보더니 고개를 끄덕였다. 가을
은 신체 나이 열다섯을 따라서 술을 마시지 않는다. 예전에 몇 번 할

머니, 엄마를 따라서 맥주나 와인을 한 모금씩 얻어 마셨는데 쓰기만 하고 조금도 맛이 없었다. 할머니와 엄마는 막걸리는 구수해서 맛있고 맥주는 시원해서 맛있고 와인은 풍부해서 맛있고 소주는 톡 쏘아서 맛있다고 술 예찬론을 펼쳤다. 하지만 가을은 이해할 수 없었다. 역시 술은 어른만 아는 맛인가. 영원히 술 맛을 모를 거라고 생각하니 가을은 그건 좀 억울했다.

와인을 마시는 대신 가을은 탁자 위에 놓인 치즈를 집어 먹었다.

"오, 이거 맛있네요."

"그럼. 그게 얼마짜린데."

"얼만데요?"

가을은 치즈 가격을 듣고 놀라는 바람에 치즈가 목에 걸렸다. 손바닥만 한 치즈가 웬만한 소고기보다 더 비쌌다. 가을이 켁켁거리자 수수가 물을 먹으라며 물병을 건네주었다.

"와인 값을 알면 더 놀라겠구나."

수수가 웃으며 말했다.

"수수 님, 정말 돈 많이 벌었군요."

지금 지내고 있는 집도 규모가 어마어마하다. 지난번 야호족 모임에 왔을 때는 마당에만 있어서 잘 몰랐는데 집 안이 넓기도 넓지만 집 안 인테리어가 다 최상급이다.

1층은 응접실이 웬만한 홀만큼 컸고, 2층에는 방이 열 개가 넘었다. 3층은 수수의 방이 있는 곳으로 가을은 아직 올라가 보지 못했다. 수수는 절대 3층에는 올라오지 말라고 했다. 개인 사생활이라나 뭐라나.

"내가 사업 수완이 좀 있지."

수수는 야호 중에서도 돈이 많기로 유명했다. 야호라고 다 수수처럼 부자는 아니다. 할머니처럼 손대는 일마다 마이너스가 되는 이도 있으니까.

"돈 많으면 좋아요?"

"뭐 나쁘진 않지."

사람들은 종종 억척스러운 부자들을 보면 어차피 죽을 때 가져가지도 못하는 거 뭘 그렇게 더 벌려고 애쓰냐고 말한다. 그럼 야호는 죽지 않으니까 벌고 또 벌어도 되는 걸까.

"근데 항상 돈이 많진 않았어. 경제대공황 때 자동차 사업에 뛰어드는 바람에 정말 어려웠지. 군수 사업에 뛰어 들었다가 추방된 적도 있고. 바보같이 사기당한 적도 있어."

"어, 그건 아무도 이야기 안 해 주던데."

"잘된 적이 훨씬 많으니까."

수수가 턱을 든 채 고고하게 와인 한 모금을 마시면서 말했다.

"그런데 돌이켜 보면 돈이 없던 시절이라고 불행하지 않았고 돈이 많던 시절에 더 행복하지 않았어. 돈이 행복에 비례하지 않더라. 너도 알잖니."

가을은 천천히 고개를 끄덕였다. 할머니가 사기를 당해 쫓겨 다닐 때도 좀 힘들긴 했지만 불행하지 않았다. 할머니와 엄마는 다 잃어도 유머만큼은 잃으면 안 된다고 생각하기에 그때도 농담을 주고받았다. 그러면 가을은 이 상황에 웃음이 나느냐고 화를 냈고, 엄마가 "그럼 울어?"라고 말해 가을도 웃고 말았다. 그래, 우는 것보단 웃는 게 훨씬 낫지. 웃으려고 사는 거지.

"어, 없네."

수수가 잔에 마지막 남은 와인을 따랐다.

"왜 그렇게 매일 술을 마셔요?"

그동안 지켜보니 수수는 잘 때마다 술을 마셨다. 할머니와 엄마도 술을 좋아하긴 하지만 일주일에 한 번 정도만 마셨다.

"하루가 너무 기니까. 이때만큼은 시간이 없어지는 기분이야."

가을은 아무 말도 하지 않은 채 수수를 바라보았다. 본야호들의 시간은 가을이 가늠할 수 없을 정도로 길었다.

"근데 또 죽긴 싫다. 참 웃기지 뭐야."

가을은 수수의 말을 이해할 수 있을 것 같기도 했다. 얼마 전 할머니는 영빈의 요양원에 면회를 갔다가 김 사장 아줌마를 만났다고 했다. 그는 할머니와 언니, 동생하면서 무척 친하게 지냈던 사람이다. 삼십 년 전 할머니와 함께 계모임을 했는데, 할머니가 탈 차례에 계주였던 김 사장 아줌마가 도망쳤다. 김 사장 아줌마는 이제 아줌마가 아니라 꼬부랑 할머니가 되어 언제 세상을 떠나도 이상하지 않은 상태라고 했다. 생을 끝내는 건 불행일까. 그렇다면 생을 계속한다는 건 축복일까. 가을은 종종 그 물음을 스스로에게 던졌다. 야호로 살아간다는 건 저주일까 선물일까. 그 중간에 가을이 서 있다.

"이제 오늘은 그만 마셔요. 내일 훈련해야죠."

술을 더 가져오려는 수수를 가을이 잡았다.

"네가 호랑족 피를 갖고 태어나서 미워한 게 아니야. 그건 그냥 갖다 붙인 핑계였어. 령 언니랑 휴가 너를 너무 챙기니까. 내 자리를 네가 뺏은 것 같았어. 내가 령 언니랑 휴랑 가장 가까운 일족이었으니까. 그래서 네가 싫었어."

"그게 무슨……."

가을은 당황스러웠다. 미움의 이유가 그게 아니었다니. 물론 그렇다고 미움 받았다는 사실이 달라지는 것 아닌데 어쩐지 허무했다.

"바보 같아."

가을이 혼잣말을 했다.

"그래. 나 참 바보 같았지."

"아뇨. 수수 님 말고 저요. 저는 다른 야호들이 부러웠어요. 내가 아무리 노력해도 야호들 사이에 낄 수 없었으니까요. 이제까지 내가 호랑족과 관련이 있어서 미움 받는 줄 알았는데."

자그마치 오백 년이나 오해했고 오백 년이나 억울했다.

"미안해. 사과가 너무 늦었어."

"그럼 앞으론 나한테 잘해 줘요."

"응. 그럴게. 꼭 그럴게."

수수는 그렇게 말을 하면서도 계속 미안한 얼굴이다.

"령 언니가 나한테 부탁했어. 너를 지켜 달라고."

령의 이야기에 가을은 다시 가슴이 아렸다. 령을 다시 볼 수 없다니 아직도 가을은 실감이 나지 않는다. 몇 십 년씩 령과 떨어져서 못 보고 살았을 때도 있었다. 령은 갑자기 불쑥 나타나서는 잘 지냈냐고 안부를 묻고 보고 싶었다며 가을을 따스하게 안아 주었다. 령의 품은 참 따뜻했는데, 어떤 것도 다 녹일 수 있을 만큼 따뜻했는데. 그렇게 령을 다시 볼 수는 없는 걸까. 령은 정말 이 세상에 없는 걸까.

"가을아, 우리와 같이 싸워 줘."

수수가 가을을 바라보며 말했다. 령이 바라는 건 세상의 평화와 야호의 안위였다. 야호를 위험에 둘 순 없다.

"그럼요. 저 그만 가서 잘래요."

가을은 먹은 걸 정리한 뒤 방으로 들어왔다.

눈을 감고 구슬을 떠올렸다. 이제 제법 구슬이 느껴졌다.

구슬아, 신우를 보여 줘.

신우가 구슬에 비친다. 신우는 가만히 누워 새근새근 잠을 자고 있다. 수수의 말이 맞다! 수수는 호랑이 신우를 해치지 않았을 거라며 재웠을 거라고 했다.

가을이 눈을 떴고 구슬도 신우도 사라졌다.

신우야, 조금만 기다려. 내가 갈게!

운명

가을의 몸 위로 붉은 기운이 조금씩 맴돌기 시작했다. 수수가 가을의 변화에 대해 말해 주었다. 붉은 기운은 거울에는 비치지 않아서 스스로는 볼 수 없지만 그 어느 때보다 구슬의 존재가 강하게 느껴졌다.

오늘은 오직 구슬의 힘으로 몸을 움직이는 연습을 했다. 수수는 가을에게 산 꼭대기를 가리키며 하얀 깃발을 가져오라고 했다.

"저기가 얼마나 먼데요. 저는 본야호가 아니에요."

수수는 불가능해 보이는 일을 계속 가을에게 시켰다.

"네가 할 게 아니야. 구슬이 할 거야."

가을은 마음을 가다듬고 수수가 시키는 대로 구슬을 떠올린 뒤 몸을 움직였다. 그랬더니 정말로 다리가 재빠르게 움직였다. 달리고 있는데도 더 빨리 달리고 싶었다. 가을은 본야호들이 왜 그렇게 달리고 싶어하는지 이해가 갔다.

순식간에 가을은 3킬로미터를 달려서 돌아왔다.

"여기요."

가을은 하얀 깃발을 수수에게 건넸다. 엄청나게 빨리 달렸는데도 조금도 숨이 차지 않았다.

"믿기지 않아요. 어떻게 이럴 수 있어요?"

"이제 좀 야호 같네. 구슬의 힘은 이게 다가 아냐."

수수는 희망 가득한 목소리로 말했다.

가을은 이 모든 게 신기했다. 구슬을 떠올리면 불가능할 게 없었다. 이제 높은 곳이 조금도 두렵지 않았다. 바이킹 하나 제대로 못 타던 예전이라면 상상도 할 수 없는 일들이었다.

훈련이 거의 끝날 때 즈음 비가 내렸다. 햇빛 사이로 빗줄기가 떨어졌다.

"여우비네요."

가을이 말했고 수수와 가을은 서로를 마주 보며 웃었다.

수수는 근처 동굴에서 잠깐 쉬었다 가자고 했다. 동굴에서 비를 구경해도 운치 있어 좋다며.

둘은 동굴로 들어가 각자 바위에 앉았다.

"근데 수수 님은 왜 한국에서 안 지내요?"

가을이 수수와 불편하던 시절, 그나마 다행이었던 것은 수수가 한국에서 지내는 날이 얼마 되지 않는다는 거였다. 수수는 몇 십 년에 한 번씩 한국에 들어와 일주일도 채 머물지 않았다. 야호들이 세계를 떠돌며 살지만 그래도 주로 지내는 곳은 한국이다. 하지만 수수는 그렇지 않았다.

"사랑을 찾으려고."

"사랑이요? 수수 님도 사랑에 빠졌던 적이 있어요?"

"왜 없었겠니."

수수는 죽는 것 빼고는 다 경험해 봤다고 했다.

"수수 님도 도망쳤구나."

야호의 사랑은 시한부다. 자신의 정체를 밝힐 수 없기에 인간과 사랑에 빠진 야호는 결국 떠날 수밖에 없다. 가을은 사랑하는 사람에게서 도망친 야호들의 이야기를 자주 들었다.

"나는 싫어져서 도망쳤어. 늙어가는 그이를 더 이상 사랑할 수 없더라."

"그건 진짜 사랑이 아니잖아요."

"왜?"

"사랑은 어떤 상황에서도 변하지 않아야 하는 거잖아요."

가을의 말에 수수가 코웃음을 쳤다.

"그럼 우리가 정체를 밝혔을 때 떠났던 인간들은? 그들도 우리를 사랑하지 않았던 걸까?"

"그건……."

가을은 헷갈렸다. 사랑이란 대체 뭘까? 변하면 사랑이 아닐까. 하지만 그렇다고 사랑했던 순간들을 부정할 수는 없다.

"내가 살면서 깨달은 건 단 하나야. 지금뿐이라는 것. 변하지 않는다는 말처럼 비어 있는 말이 없더라. 그래서 나는 지금 사랑할 사람을 찾아 떠돌아다니는 것뿐이야."

그 말을 하는 수수는 이상하게 슬퍼 보였다.

"근데요. 신우는 안 그래요. 신우는 내가 야호라는 걸 알게 된 뒤에도 계속 나를 좋아해 줬어요. 앞으로도 그럴 거고요."

가을은 신우가 해 주었던 장미 이야기도 했다. 가을의 얼굴이 발그레졌다. 신우 생각을 하면 늘 그랬다.

"너, 그 아이를 정말로 좋아하는구나."

가을은 천천히 고개를 끄덕였다. 신우를 만난 뒤 처음으로 가을은 살아 있는 게 감사했다. 계속 그 아이와 함께 살아가고 싶었다.

"비 그쳤다. 그만 가자."

수수를 따라 가을도 일어섰다. 수수가 살랑살랑 걸었고 수수의 긴 생머리가 찰랑거렸다. 인정하고 싶지 않지만 수수의 몸짓은 참 근사하다. 가을도 수수의 걸음걸이를 따라해 봤다. 가을은 수수와 조금은 가까워진 기분이었다.

붉은 기운이 감돌자 야호들이 하나둘 수수의 집으로 모여들었다. 수수가 왜 이렇게 큰 집으로 이사를 왔는지 이해가 갔다. 전 세계에 흩어진 야호들이 호랑족으로부터 제 구슬을 지키기 위해 모일 예정이다. 흩어져 있는 것보다 다 같이 모여 있어야 안전하다. 수수 집 주변에는 결계가 처져 있어서 호랑족이 들어올 수 없지만 호랑족이 모두 모여 힘을 모으면 이 결계도 무너질 거라 했다.

많은 야호들이 가을을 보고 삼 초쯤 시선이 머물렀다. "쟤가 최초의 구슬을 가졌단 말이지, 대체 왜?" 하고 수군대는 소리도 들었다. 가을은 들었지만 못 들은 척, 아무렇지 않은 척 야호들의 의심스러운 시선을 넘겼다.

훈련을 위해 가을은 수수를 찾았다. 1, 2층과 정원을 다 돌아다녔지만 수수가 보이지 않았다. 아직 일어나지 않은 건가? 어젯밤에 가을에게 늦잠 자지 말라고 잔소리를 해 놓고.

가을은 다시 집 안으로 들어와 수수의 방이 있는 3층으로 이어진 계단을 올랐다. 2층과 3층 계단 사이에 중문이 있는데, 손잡이도 없이 온통 하얀색이다. 수수도 참 하얀색을 좋아한다. 문에 손을 댔지만 밀리지 않았다. 도대체 어떻게 열 수 있지? 가을이 3층에 올라가고 싶다고 했을 때 수수는 자기 외에는 누구도 들어갈 수 없다고 했다. 수수의 얼굴을 인식하는 건가? 수수로 둔갑했지만 역시 문은 꼼짝도 하지 않았다. 정말로 이 문은 수수만 열 수 있는 건가? 다시 원래의 모습으로 돌아온 가을은 몸을 돌려 계단을 내려가려고 했다.

저긴 수수 아니면 영혼만 통과할 수 있나? 문득 가을은 수수에게 배운 3단계 둔갑술이 떠올랐다. 3단계는 머릿속으로 떠올리는 게 뭐든 그대로 변할 수 있다. 원래 3단계는 본야호만 가능하지만 최초의 구슬을 가진 가을도 가능하다며 수수는 계속 연습을 시켰다. 하지만 3단계 둔갑술은 늘 실패였다.

가을은 눈을 감고 육체를 지우는 상상을 했다. 하얀 연기가 몸을 감쌌고 가을은 투명해졌다. 가을은 그 상태로 문을 통과했다.

가을은 씨익 웃었다. 드디어 3단계를 성공했다! 수수가 보면 뭐라고 할지 궁금했다.

아아, 머리가 어지러워 가을은 원래대로 돌아왔다. 3단계는 확실히 1, 2단계에 비해 기의 소모가 컸다.

3층은 2층과 구조가 크게 다르지 않았다. 어? 그런데 왜 여기가 낯익지? 가을은 여길 이미 와 본 것만 같았다. 어디서 봤더라.

가을은 그중 계단 옆쪽에 있는 가장 큰 방문을 열었다.

그 방 침대에 신우가 누워 있었다. 가을은 너무 놀라서 저도 모르게 뒷걸음질 쳤다. 신우가 왜 여기에 있는 거지? 도대체 왜?

퍼즐이 하나씩 맞춰지기 시작했다. 가을이 찾아왔을 때 수수는 너무 쉽게 일을 수습했다. 마치 계획된 것처럼 가짜 신우를 만들고, 신우가 잘 있다며 걱정하지 말라고 했다. 신우가 잠들어 있을 거라고 했던 것도 자신이 그렇게 했기에 자신 있게 말할 수 있었던 거다.

"네가 여기 어떻게 들어온 거야?"

수수가 급히 달려왔고 가을이 고개를 돌려 수수를 바라봤다.

"어떻게 이럴 수가 있어요? 호랑족이 신우를 데려갔다고 했잖아요!"

"미안해. 너를 데려오기 위해서는 이 방법밖에 없었어."

가을은 수수를 믿고 의지했던 지난 시간이 몹시 후회가 되었다. 이렇게 신우가 갇혀 있는 것도 모르고 이곳에서 지낸 자신이 너무나 바보 같았다.

"나를 속였어. 당신 용서하지 않을 거야!"

가을은 침대로 다가가 신우를 깨웠다. 자연스럽게 구슬을 떠올리며 신우에게 "일어나렴." 하고 속삭였고 신우가 눈을 살짝 떴다가 다시 감았다.

"걱정하지 마, 신우야."

신우는 수수의 오랜 주술에 묶여서 그런지 제대로 몸을 가누지 못했다. 가을은 신우를 일으켜 부축했다.

"가지 마, 제발."

수수가 다가오려고 하자 가을이 방어막을 쳤다. 방어막을 만진 수수는 강한 파동에 밀려 멀리 튕겨져 나갔다.

가을은 수수를 매섭게 노려봤다.

다가오지 마. 조금이라도 가까이 오면 가만두지 않을 거야.

가을은 신우를 안고 수수의 집을 나왔다. 신우는 계속 정신을 차리지 못했다. 이대로 신우가 깨어나지 않으면 어쩌나 가을은 조바심이 났다.

"신우야, 제발 정신 좀 차려 봐."

가을은 신우를 제 무릎을 베고 눕게 했다. 그 다음 후유, 하고 신우에게 숨을 불어넣었다. 붉은색 기운이 가을의 입에서 신우 입으로 천천히 옮겨 갔다.

잠시 뒤 신우가 눈을 떴다.

"아, 가을아. 그동안 네가 학교에 안 나와서 걱정 많이 했어."

신우의 기억은 가을로 위장한 수수와 만났을 때에 멈춰 있었다.

"신우야, 잘 들어. 너무 놀라지 말고."

가을은 그간 있었던 일을 설명했다. 신우가 꽤 오랫동안 잠들어 있었으며, 지금 다른 야호가 신우 행세를 하고 있다고.

"네가 집으로 돌아가면 가짜 신우는 다시는 나타나지 않을 거야."

신우는 어떤 상황인지 제대로 이해하지 못했다. 하지만 가을은 말을 아꼈다. 지금은 구슬 전쟁을 끝내야 한다.

"미안해, 신우야. 괜히 나 때문에."

"가을아, 너는 괜찮은 거지? 위험한 거 아니지?"

"응."

"그럼 됐어. 나는 너만 괜찮으면 괜찮아."

신우가 방긋 미소를 지었다. 가을은 가만히 신우를 바라보았다. 신우야, 근데 나는 아냐. 너를 이용한 수수를 용서할 수 없어.

신우가 기운을 차린 것을 지켜본 뒤 가을은 신우를 집으로 데려다 주었다. 가을이 곧 찾아오겠다는 약속을 한 뒤에야 신우는 가을을 보내 주었다.

이제 가을은 어디로 가야 할까? 한 발짝 한 발짝 걸을 때마다 온

몸이 불타는 것처럼 뜨거웠다. 가을은 근처 산으로 올라가 달리고 또 달렸다.

구슬이 강하게 느껴졌다. 어느새 가을의 몸과 영혼이 구슬과 하나가 된 것 같았다.

왜 가을이었을까? 령은 왜 호랑의 피를 가진 가을에게 최초의 구슬을 준 걸까? 단순히 위급한 상황이었기 때문에? 최초의 구슬 주인으로서 가을은 어떤 선택을 내려야 할까?

가을이 찾아간 이는 수수가 아닌 유정이었다. 가을을 본 유정은 놀라지 않을 수 없었다. 가을을 둘러싼 붉은 기운이 강렬했다. 유정이 한 번도 보지 못한 붉은빛이다. 가을은 더 이상 이전의 가을이 아니었다. 가을은 유정을 똑바로 바라보며 말했다.

"함께 끝내자, 이 전쟁."

사람들이 지상 최대 우주쇼를 기다리며 하늘을 바라보는 밤이었다. 보름달 가운데 가장 큰 '슈퍼문'이 뜨는 날인 데다 공전 주기 상 2.7년 만에 한 번씩 나타나는 한 달에 두 번째 뜨는 보름달 '블루문'이기도 했고 개기월식으로 붉게 보이는 보름달 '블러드문'이기도 했기 때문이다.

달이 지구 그림자에 완전히 가려졌다. 마치 지구가 멈춘 건가 싶을 만큼 짙은 어둠이 내려앉았을 때 그들이 찾아왔다.

야호들이 쳐 놓은 결계를 무너뜨리기 위해 호랑족이 주술을 외웠다. 결계 안쪽 맨 앞에는 수호대로 활동 중인 힘이 센 야호들이, 중간에는 젊은 야호들이, 맨 안쪽에는 노인과 어린 야호들이 자리를 잡고 모두 한 마음 한 뜻으로 호랑족에게 맞섰다.

야호들이 만든 결계에 구멍이 생기자 호랑들이 물밀듯 안으로 들어왔다. 맨 앞에 선 수호대들이 파란 병을 던져 거대한 물기둥으로 호랑들을 막아 보았지만, 건장한 호랑들이 어느새 어린 야호를 노렸다. 구슬 전쟁을 위해 오랜 기간 훈련을 받으며 무술과 주술을 익힌 호랑족들을 막기란 쉽지 않았다.

어린 야호들에게 달려드는 한 호랑을 휴가 막아 세웠다. 휴보다 덩치가 더 큰 호랑이 휴의 팔을 꺾어 밀어트렸고 다시 어린 야호들에게 다가갔다. 그 순간 휴가 하얀 병을 던졌다. 덩굴이 어린 야호를 둘러싸 보호했다. 그러자 이번에는 호랑들이 늙은 야호들을 노렸다. 할머니가 붉은 병을 던져 불길로 다가오는 호랑들을 막아 보았지만 죽음을 두려워하지 않고 덤벼드는 호랑들을 막기는 역부족이었다.

맨 안쪽에 서 있던 가을이 호랑들을 향해 한 발 한 발 앞으로 나아갔다. 가을은 범녀를 한눈에 알아볼 수 있었다. 범녀 역시 자신의 손녀인 가을을 알아봤다.

"너는 진즉에 죽었어야 했어."

"절대 당신 뜻대로 되지 않을 거야. 더 큰 희생이 생기기 전에 이제 그만 멈춰."

가을이 범녀를 설득하려고 했지만 범녀는 듣지 않았다.

"오늘 너를 죽이고 최초의 구슬을 차지하는 건 우리야."

야호의 붉은 병을 맞은 호랑들이 여기저기서 화르륵 불에 타올랐다. 하지만 호랑들은 멈추지 않고 계속 달려들었다.

어느새 가을의 옆으로 다가온 수수가 방어막을 만들어 가을을 보호하며 외쳤다.

"지금이야. 최초 구슬로 저들을 다 없애 버려."

가을은 고개를 저었다.

"그럴 수 없어요."

령이 진정으로 바랐던 것은 무엇이었을까. 야호의 안위만은 아니었을 것이다.

뜨거워.

실제로 심장이 불타오르는 것처럼 가을은 온몸이 무척 뜨거웠다. 호랑 편에 서 있는 유정이 보였다. 유정의 눈이 말하고 있었다. 바로 지금이라고.

가을은 고개를 끄덕인 뒤 눈을 감았다. 유정의 구슬이 서서히 움직이는 게 가을에게 느껴졌다.

"끝내야 해."

가을에게 돌던 붉은 막이 점점 더 커지면서 마침내 야호와 호랑 모두를 집어 삼켰다. 그 순간 야호와 호랑이 그대로 멈추어 섰다.

"구슬이 말하노라."

가을이 입을 열었다.

"듣거라, 야호들아. 듣거라, 호랑들아. 너희들은 두 번 다시 다른 자의 구슬을 탐할 수 없도다. 탐하는 순간 구슬이 너를 삼킬 것이다. 너의 육체는 무로 소멸될 것이다."

가을이, 최초의 구슬이 말하는 소리가 울려 퍼졌다. 그 소리가 구슬에서 구슬로 이어졌고 곧 각각의 구슬 안으로 파고들었다.

최초의 구슬은 다른 구슬을 다스릴 수 있다. 가을은 야호뿐만 아니라 호랑의 피가 흐르고 있어 호랑의 구슬도 움직일 수 있다. 유정과의 연습을 통해 가을은 그걸 확인했다.

야호들은 그제야 왜 령이 최초 구슬을 가을에게 주었는지 이해할 수 있었다.

우연이 아니라 운명이었다.

몸속의 구슬들이 파동을 일으키기 시작했고 야호와 호랑이 하나둘 쓰러졌다. 유정의 구슬 하나를 움직일 때보다 가을은 훨씬 더 많은 기운을 써야만 했다. 가을을 둘러싼 막이 점점 옅어졌다.

"가을아, 잘하고 있어. 조금만, 조금만 더 힘을 내."

가을은 령의 목소리가 들리는 듯했다.

결국 마지막까지 깨어 있던 가을도 바닥에 주저앉았고 이내 정신을 잃었다.

구슬 전쟁이 막을 내렸다. 최초의 구슬이 내린 명령은 야호와 호랑의 구슬에 새겨졌고 정신을 차린 호랑들이 떠났다.

가을이 깨어났을 때는 모든 호랑들이 사라진 뒤였다. 휴는 어깨부터 팔까지 붕대를 감고 있었지만 괜찮아 보였다. 할머니와 엄마를 비롯해 모든 야호들이 무사했다.

가을은 전쟁이 어떻게 끝났냐고 묻지 않았다. 가을은 보지 않아도 보았고 듣지 않아도 들었다.

가장 어린 야호가 가을에게 다가왔다.

"고마워, 가을 님."

어린 야호가 가을을 안아 주었다.

새로운 삶

한국으로 돌아왔던 야호들은 다시 자신들이 머물던 세계 곳곳으로 돌아갔다. 오십 년 뒤 모임이 있을 때 다시 만나기로 했다. 수수도 떠났다. 또 다시 사랑을 찾겠다며 말이다.

"령이 부탁한 건 진짜였어. 너를 잘 지켜 달라고, 네가 혹여 힘들고 지쳐할 때 옆에 있어 달라고 했어. 네게 거짓말한 내가 그런 자격이 있는지 모르겠지만……."

"한국에 들어오면 꼭 연락해요. 령 님처럼."

가을은 새로운 인연을 만나면 새로운 삶이 시작된다는 령의 말을 떠올렸다.

"고마워. 용서해 줘서."

수수가 가을에게 집을 주겠다며 그곳에서 살라고 했지만 가을은 거절했다. 가을네 세 식구가 살기에 그 집은 너무 크니까. 무엇보다 지금 사는 곳에서 너무 멀다. 할머니가 아쉬워하기에 "큰 집 청소 어떻게 하려고?" 했더니 할머니는 잘 거절했다고 했다.

겨울 방학이 끝났고 가을은 학교에 갔다. 봄과 여름도 함께였다. 할머니와 엄마는 이왕 학교를 다니기 시작한 거 중학교는 한번 졸업해 보고 싶다고 했다. 가을은 마음대로 하라고 했다. 대신 숙제를 비롯해 더 이상 아무것도 도와주지 않겠다고 선언했다. 휴도 당분간 한국에서 지내고 싶다며 계속 같이 학교에 다니기로 했다.

복도에서 유정을 만났다.

"계속 여기 다니려고? 너희 집에서 너무 멀지 않아?"

"이 학교가 마음에 들거든. 그리고 여기 계속 다녀야 할 이유가 생겼어."

유정이 의미심장한 미소를 지으며 말했다. 가을은 그게 무슨 뜻인지 묻고 싶었지만 다른 아이들이 다가와 말을 거는 바람에 대화를 끝냈다.

가을은 교실 문을 열었다.

교실은 언제나 그대로다. 웅성웅성 모여 떠드는 아이들, 아직 1교시 시작도 전인데 잠을 자는 아이들, 서로 잡고 잡히는 놀이를 하는 아이들 때문에 폴폴 생겨나는 먼지까지, 지겹도록 모든 게 반복되는 곳이지만 이곳에는 특별한 게 있다.

가을은 1분단 창가 쪽을 바라봤다. 바깥 햇살이 창문을 통해 교실로 들어왔고 그 따사로운 햇살을 오롯이 받고 있는 아이가 보였다.

가을은 그 아이 옆으로 가서 어깨를 톡톡 쳤다.

"안녕!"

가을을 본 신우가 웃었고 가을도 세상을 다 가진 것마냥 활짝 웃었다.

조회가 시작되기 전까지 가을은 신우 옆에 앉아 있었다. 자리의 주인인 유정은 다른 아이들과 수다를 떠느라 정신 없어 보였다.

조회 시간을 알리는 종이 울리고 담임이 문을 열고 들어와서야 가을은 자기 자리로 돌아갔다. 그런데 담임은 혼자가 아니었다. 처음 보는 남자아이와 함께였다.

"우리 반에 새로운 전학생이 왔다. 자, 인사해."

남자아이가 교탁 앞에 섰다.

"안녕, 난 김현이야."

가을은 고개를 갸우뚱했다. 전학생이 낯설지 않았다. 어디서 봤더라?

"2학년이 얼마 남지 않았지만 다들 잘해 줘. 참, 현은 유정의 친척이라고 한다."

현이 가을을 바라보며 미소 지었고, 가을은 심상치 않은 일이 생길 것을 예감했다.

모두의 열다섯에 평안이 있길

'세쌍둥이 자매가 있다. 분명 동갑인데 어딘가 이상하다. 그리고 위계가 있는 세 자매의 모습에 수상함을 느낀 아이가 있다.'

이 장면을 어디서 보았을까. 어쩌면 지나가다 우연히 보거나, 꿈에서 봤거나, 아니면 혼자 머릿속으로 상상했는지도 모르겠다. 오래도록 이 네 명의 인물을 품고 있었다. 잊은 채로 있다가도 한 번씩 떠오르면 이들의 비밀이 몹시 궁금해 애가 탔다. 하지만 나는 이들의 이야기를 내내 풀지 못했다.

때때로 '이제 글을 그만 써야 할까'라는 생각을 하는데, 재작년 봄은 조금 오래 그 고민 속에 머물렀다. 그러던 중 문득 또 다시 수상한 세쌍둥이가 떠올랐고, 신화와 옛이야기의 도움을 받아 『오백 년째 열다섯』을 드디어 쓰게 되었다. 삼계절 자매와 신우를 만나는 시간은 너무나 설레었다. 정해진 시간 외에는 글을 쓰지 않는데, 이 책만큼은 없는 시간도 만들고 쪼개면서 시간과 장소를 가리지 않고 썼다.

와, 이건 재미있어도 너무 재미있잖아!

쓰는 내내 얼마나 신이 났는지 모른다. 그리고 깨달았다. 새로운 사람을 만나면 새로운 삶이 시작된다는 령의 말처럼, 나는 새로운 이야기를 쓸 때면 새로운 삶을 살 수 있다는 것을. 게다가 나도 야호처럼 삼색 호리병을 가지고 있다. 박현숙 팀장님은 보호의 파란 병 역할을 톡톡히 해 주셨다. 위즈덤하우스 편집부 덕분에 이 이야기가 더 멋지게 세상에 나오게 되었다.

오백 년째 열다섯인 인물의 이야기를 쓴다고 했을 때 십 대 아이들은 인상을 썼다. 열다섯을 일 년 보내는 것도 끔찍한데 오백 년이라니요! 주인공에게 해도 너무하지 않느냐고 했다. 열다섯의 나를 떠올리면 가을에게 못할 짓을 한 것 같긴 하다. 열다섯의 나는 열다섯이 영원할 거 같아서 두려웠다. 하지만 다행히 시간은 흘렀고, 그건 이 책을 읽은 독자들도 마찬가지일 것이다. 모두가 열다섯을 무사히 지났으면 좋겠다. 가을도 신우를 만나 영원할 것 같은 열다섯이 어떤 의미에서는 끝나지 않았을까 생각해 본다.

아직 열다섯이 되지 않았거나, 지금 열다섯이거나, 한때 열다섯이었던 모두에게 평안이 있길 바라며.

2022년 1월, 김혜정

텍스트T 001

오백 년째 열다섯

초판 1쇄 발행 2022년 1월 28일 **초판 25쇄 발행** 2024년 8월 30일

글 김혜정
펴낸이 최순영

어린이 문학 팀장 박현숙
키즈 디자인 팀장 이수현
디자인 오세라

펴낸곳 (주)위즈덤하우스 **출판등록** 2000년 5월 23일 제13-1071호
주소 서울특별시 마포구 양화로 19 합정오피스빌딩 17층
전화 02)2179-5600 **내용문의** 02)2179-5768
홈페이지 www.wisdomhouse.co.kr **전자우편** kids@wisdomhouse.co.kr

ⓒ 김혜정, 2022

ISBN 979-11-6812-106-5 43810

이 책을 먼저 읽은 서평단 리뷰

◆ 신비로운 여우, 야호족의 이야기! 중반 이후 마치 「트와일라잇」의 한국판을 보는 것처럼 순식간에 빠져들어 읽었다. 우리의 단군 신화와 여우 전설의 재미있는 콜라보!_**나한사랑**

◆ 오백 년 동안이나 열다섯 살인 소녀에게 닥친 대사건 속으로 빨려 들어가는 순간, 모험이 시작된다._**아이린**

◆ 앉은 자리에서 순식간에 다 읽어 버릴 만큼 재밌었다. 이걸로 이야기가 끝난 건 아니겠지. 벌써부터 다음 이야기가 기다려진다._**래곤**

◆ 인간 세계에 스며든 낯선 존재의 이야기가 내 가슴을 설레게 한다. 어쩌면 내가 살고 있는 이 세상에도 가을이 있을지도._**라일락**

◆ 수천 년을 거슬러 올라가는 방대한 스케일, 읽으면 읽을수록 시간 가는 줄 몰랐고, 이야기 속으로 빠지게 된다. 마치 야호에게 홀린 듯했다.
_**행복바이브**

◆ 신화 속 숨겨진 이야기들이 살아 숨 쉬는 책. 순식간에 읽어 내린 야호들의 오백 년째 다른 삶 이야기가 정말 신기했다._**망고보이**

◆ 영원의 무게를 짊어지고 사는 오백 년째 열다섯인 가을과 인간계와 동물계를 오가며 환상 여행을 다녀온 것 같다._**비비엔**

◆ 자신의 존재 가치에 대해 스스로도 흔들려 하던 소녀가 갈등을 겪고 문제를 해결해 나가면서 존재 가치를 확인하고 인정받아 가는 모습에 기쁨을 느꼈다.
_**서울마망**

◆ 새로운 판타지를 만나면 새로운 세상이 펼쳐진다._**젤리뽀자야**

◆ 사춘기 딸과 함께 바꿔 가며 읽다 너무 재밌어서 늦게 읽는 사람 타박하다 싸울 뻔._**전늄vs83vs선운**

- 오백 년째 만남과 이별 속에서 살아 온 열다섯 살 가을을 통해 가슴 시리지만 행복한 판타지 여행을 한 느낌이다._행복전달자

- 첫 장을 넘기는 순간 뒷이야기가 너무 궁금해 그대로 오백 년의 시간 속으로 빨려 들어갔다. 판타지와 신화의 조합이라니. 감히 상상하지 못했던 이야기. _ufp스파클

- 내가 소설을 좋아할 수 있도록 만들어 준 책._두잇

- 오백 년째 비밀을 간직한 소녀의 환상적인 모험!_gapari

- K 컬처의 힘. 한국 신화의 원형에 깜찍한 상상력을 더했다._늘보

- 몰입감이 장난 아님! 너무 재미있어서 시간 가는 줄 몰랐다._얼음별대탐험

- 오백 년째 열다섯 살로 사는 것이 가혹한 운명 같지만, 새로운 사람을 만나 다른 삶을 살아 보고 많은 것들을 깨달을 수 있다면 그것만으로도 매력적인 삶일 것 같다._또로롱또또

- 신화와 판타지의 만남! 빠져나올 수 없는 몰입감과 탄탄한 스토리에 단숨에 읽어 버린 책_너를응원해

- 단군신화와 여우에 관한 전설이 만나 완성한 새로운 K 판타지! 오백 년째 열다섯으로 살아가는 가을의 마음에 완벽히 빙의되다. 어쩌면 우리 모두의 이야기일지 모를 가을의 아픈 성장기._rainrain77

- 에필로그가 너무 궁금하게 끝나서 두 번째 이야기가 나왔으면 좋겠다. _행복이가득

- 다른 책들은 읽으면 제목과 등장인물의 이름만 생각나지만 이 책은 읽으면 읽을수록 읽는 맛이 우러나온다._김규리